IJE ODUMODU JERE

LEOPOLD BELL-GAM

dere ya

Uthman Ibrahim sere Ụmụ oyiyi di nime ya

OFFICIAL ORTHOGRAPHY EDITION
transliterated by
L. A. Amadi, Senior Education Officer,
Eastern Nigeria

First Published 1963

5th Reprint 1978

6th Reprint 2022

First published by Longman in 1963

Reprinted by NEO BOOKS © 2022

NEOANCESTORIES@GMAIL.COM

Book is currently available in Open domain

ISBN: 979-8-89693-050-1

Recommended by the Ministry of Education,
Enugu,
for use in primary schools

CONTENTS

ISI I

IJE ODUMODU JERE

Nna m muru umu isii, ndikom ano na ndinyom abuo. Abu m nke ato n'ime ha. Nke okpara na nke ulu gara imu oru ebe nna m mefuru otutu ego. N'ihi ya o nweghikwa ike ikwu ugwo omumu ihe m. Mgbe m gbara afo iri na ise, m gara ilegide otu obodo nta o nwere a na-akpo Ora, nke di Benin nso. Obodo a bu ebe otu onye nwe ala Benin, Oba Benin, gbara oso gaa mgbe ndi ala ozo ahu nile di n'okpuru ya choro igbu ya. Oru anyi n'obodo a bu ikpa anumanu na iru oru ubi.

M noro afo ato n'ala ahu tupu m chegharia echiche ma choo imata ikwa nka. N'ihi nke a m hapu obodo a bia gaa Eko ebe otutu ndi nka maara ihe di mma no, buru onye ozi otu onye isi ndi okwa nka. N'oge ahu moto adighi, ugbo anwuru oku kwa adighi otutu n'osimiri obodo anyi otu ha di ugbu a. Onye choro iga Eko n'oge ahu na-ahusi anya nke ukwu. Mgbe ufodu o ga-ano ihe di ka otu onwa na uma n'elu miri. O bu ugbo osisi ka m jiri gaa Eko. Oha nile maara na oge ahu bu tufuo ndu were onwu n'iji ugbo osisi aga ije o bula tere anya, n'ihi na ndi na-akpa madu ere juputara n'elu miri na-achọ ndị ha ga-akpara.

Ụmụnne m ekweghị m gaa ije a, n'ihi nke a m hapụrụ ụlọ mgbe onye ọ bụla na-amaghị. N'ihi na ụmụnne m achọghị ka m gaa Eko m chewe, ma chọwakwa ụzọ m ga-esi aghọgbu ha ma hapụ Ahaba. Ha maara nke a, were na-eche m nche ka m ghara ịhụ ụzọ ịgbapụ.

N'otu anyasị ka m chetara ụzọ m ga-esi ahapụ Ahaba. Ihe m mere bụ iji ọgọdọ atọ lụọ mai nkwụ elu. Mgbe chi jiri m kpọkọta ụmụnne m dum, pụta ebele mai asaa dọwara ha. Ọ dịghị onye maara echiche m n'ikpo ha mai ahụ. Mgbe ha na-aṅụchala ebele mai abụọ, mai amalite gbuwe ha. Nke a mere ka ụfọdụ ha daa n'ala hiwe ụra. Ụfọdụ kwa gụrụ egwu pụọ n'ezi.

Atụfughị m oge ma ọlị. M jikere ọsọ ọsọ buru otu igbe ebe uwe m dị. Ọsọ ka m jiri ruo ọnu osimiri ma baa n'ụgbọ gaje Eko. Mma na egbe na ụta na akụ na obi dị n'ime ụgbọ a n'ihi na madụ anaghị aga ije n'oge ahụ zọọ ahụ. Anyị kwọrọ ụgbọ gafee Idah, gafeekwa Lokoja ma ọ dịghị ndị anyị hụrụ n'elu miri chọrọ ịkpa anyị. N'ihi nke a anyị chere si na ike kwe, ọ dịghị onye ọ bụla anyị ga-ahụ tupu anyị eruo Eko.

Mgbe anyị bara n'ime otu óta miri sitere na Lokoja, ebe osimiri Niger na Benue zukọtara, gawa Eko ka anyị zutere otu mmekpa ahụ. Ndị Fulani si na Nupe, ndị nọ n'akụkụ miri na-achọ ndị ha ga-akpara ree, chọrọ ụzọ ijide anyị. Ma anyị jiri egbe na ngwá ọgụ ọzọ dị n'ụgbọ chụkesa ha. Ọ bụ nanị ọfụ onye ka otu akụ tụrụ n'ahụ. Anyị enweghị mmekpa ahụ ọzọ tupu anyị eruo Eko.

Ekweghị m ka nna m ukwu kwụọ m ụgwọ ọnwa, kama m chọrọ ka ọ kuziere m ọrụ ya, nke bụ isi ihe m kwere gaa Eko. Nna m ukwu, site n'obi ọma o nwere, meere m ihe a m chọrọ. Mgbe m na-anọọla afọ isii n'Eko, m mụọla ọrụ dị iche iche.

M nwere ihu ọma n'inweta ọrụ ịfụ ọkụ n'otu ụgbọ ndị Bekee mgbe m hapụrụ nna m ukwu. Ọrụ a bụ ọrụ rara ahụ nke ukwu. Otu ihe m jiri ike mee mgbe m nọ n'ọrụ a bụ otu nwanyị a na-akpọ Mmaanụ m lụrụ. Nwanyị a mụtaara m ụmụ atọ. Ha dum bụcha nwoke. Nke okpara na nke ulụ yiri m nke ukwu, ma nke ikpeazụ yiri nne ha n'ihu, ọ tụghị si na ọ bụ nwoke. Ọ bụkwa ya ka Mmaanụ nwunye m hụrụ n'anya n'ihi na o yiri ya.

N'ihi na ọ dịghị uru ọ bụla m na-enweta n'ọrụ a, m hapụ ụgbọ ahụ ma laghachi n'Eko. N'atụfughị oge ọ bụla, m malite ọrụ izi ndị ọmụmụ ọrụ ihe n'obodo a na-akpọ Akure ebe dị Ondo nsọ. N'oge m nọ n'Akure ka nwunye m nwụrụ. N'ihi nke a m kwere hapụ Akure gaa Eko ebe m ga-aba n'ụgbọ ọzọ ma achọkwaghị ịrụ ọrụ ọkụ ọzọ. N'otu afọ ahụ ka m bara n'otu ụgbọ ndị Bekee a na-akpọ "Elu ụwa". Ọ bụ ụgbọ buru ibu nke ukwu. Ngá a na-afụ ọkụ n'ime ya dị atọ. Otụtụ ebe a na-egwu egwu dị iche iche dịkwa n'ime ya.

Ọtụtụ ndịkọm na ndịnyọm dị n'ime ụgbọ a. Ụfọdụ ha gaje "St Helena" n'ịmata obodo ahụ, ma ụfọdụ kwa gaje ka ikuku ọma nke dị n'ala ahụ kụsa ha. Nkwa ndị Bekee na opi na ụbọ na une ha dịcha n'ụgbọ a. N'ihi na oke ufere adịghị, obi dị madụ nile nọ n'ime ya ụtọ. Madụ ụfọdụ na-agba nkwa, ụfọdụ kwa na-egwu egwu dị iche iche. Ọrụ m n'ụgbọ ahụ bụ isi nri. Madụ abụọ ọzọ na-etinyere m aka. Ọrụ a bụ ọrụ gbasara ọkụ ma ọkụ anaghị acha onye na-arụ ya dị ka ọ na-acha onye na-afụ ọkụ n'ụgbọ.

ISI 2

MGBAWA ỤGBỌ

N'ụbọchị nke asaa n'ọnwa ahụ ka anyị malitere ịga n'obodo ahụ a na-akpọ St. Helena. Ọ bụ ebe ndị England kpọpụrụ otu onye isi agha ndị obodo France a na-akpọ Napoleon n'afọ 1815 mgbe ha lụgburu ya n'agha. Obodo a bụ ebe dị anya site n'Eko ma sitekwa n'obodo nke ọ bụla dị na Nigeria. Ọ dị n'etiti otu oke ehere miri nke a na-akpọ "Atlantic Ocean".

Ọ dịghị mmekpa ahụ ọ bụla dị na mmalite ije anyị. Ebili miri adịghị. Madụ nile dị n'ụgbọ ahụ atụghị ụjọ ọ bụla kama obi dị ha dum ụtọ dị ka otu m kara na mbụ. Ọ gaghị adị mma ịnye onye na-agụ akwụkwọ a mmekpa ahụ ịkọrọ ya ihe nile m hụrụ n'ehere dum anyị gafere. Mgbe ọ fọrọ ihe ntiti anyị eruo ebe anyị gaje, ebili miri siri ike nke ukwu buru ụgbọ anyị gafee St. Helena ebe anyị na-aga ma tụkwasi ya n'elu otu oke...

...nkume. Obi gbafuru madụ nile dị n'ụgbọ a, onye isi anyị amaghịkwa ihe ọ ga-eme. O si n'elu rịda n'ala, sikwa n'ala rigoro elu. Ndịnyom na ụmụ ntakịrị dị n'ụgbọ amalite bewe akwa n'ihi na ha amarala si na ọ bụ ọnwụ na-abịa. Onye isi anyị n'ụgbọ kwuru ọtụtụ okwu n'imesi anyị obi ike.

Anyị bụrụ abụ kpeekwara Chineke, na-arịọ ya ka ọ gbaghara anyị mmehie anyị, ma zọpụta mkpụrụ obi madụ nile ndị dị n'ụgbọ ahụ.

Mgbe ihe a dum dị na-eme, ụgbọ anyị agbawaa abụọ, madụ dum dị n'ime ya adabachaa n'ime miri ukwu ahụ nga ukwu onye ọ bụla erukwaghị ala. Ndịnyom na ụmụ ntakịrị dị n'ụgbọ ahụ fuchara n'ihi na ebili miri na-eme ire. Ndịkọm isii maara igwu miri nwekwara ike ijide otu ụgbọ nta miri bụ na-agafe. Ọ bụ ndị a weere m n'elu nkume nga m nọ na-eche ọnwụ n'ihi na ọ dịghị ihe oriri m nwere. Ma ọ bụrụ dị na m nwere ihe oriri, ebe ole ka m ga-esi ya rie?

Site n'ahụhụ anyị hụrụ n'ụgbọ ahụ gbawara agbawa, anyị enweghịkwa ike kwọsie ụgbọ ike. Anyị agabeghị nga dị anya mgbe ebili miri ọzọ bịara kpugharịa ụgbọ anyị, anyị dum adabachaa n'ime miri ahụ ọzọ. Madụ isii ahụ gwukwara miri gaa n'akụkụ nkume ahụ gbawara ụgbọ anyị, m gwụrụ na-aga ebe ọ bụla miri buuru m na-aga. Miri na-asụgharị m si na ọdụ mere ka m gbọọ agbọ gbọtara onwe m anya ajụ. Otu... m hụrụ onụ na-adị ka m ga-ekubi ume. Mgbe itiri kpirị, ụjọ gaa ịgụgbu m. Mgbe ụfọdụ m na-agbati ukwu m nile ma ọ ga-eru ala. Mgbe ike gwụrụ m nọọ ka Chineke meere m ebere si ka ukwu m ruo ala. Anya ajụ para m. Amaghị ebe m nọ. Agaghị m enwe ike kaa otu obi siri tọọ m ụtọ mgbe m gwupụtara n'okpokịrị ala n'ime ụchịchị ahụ.

ISI 3*

NANỊ UKWA BỤ NRI*

Mgbe m ruru n'ala a, n'ihi ike ọgwụgwụ, m dina ala rahụ ụra. N'ihe dị ka elekere isii ụtụtụ, m teta n'ụra ma chọpụta na ọ dịghị madụ ọ bụla bi n'ebe ahụ. Agaghị m enwe ike kaa otu echiche obi m dị n'ụtụtụ ahụ mgbe m chere ihe banyere nne m na nna m, ụmụ m, ikwu na ibe m, na ndị enyi m dum m hapụrụ n'ala a mụrụ m bịa were onwe m tinye n'ime mmekpa ahụ dị otu a. M jiri ihe dị ka oge abụọ na-eche ihe ndị a dum. Ụjọ tụrụ m mgbe m nụrụ mkpụ agụ, na nke ọkpangọ, na nke ụmụ anụmanụ ọzọ dị iche iche enweghị ọkịka. N'ihi nke a m si, 'Ọnwụ zọwa m, ndụ zọwakwa m, nke zọtara m, ya were'. Chukwu meere m ebere ọ dịghị nke bịara n'ebe m nọ. Otu obi agwa m si na ọ dịghị ihe ọ bụla m ga-enwe ike mee ma ọ bụrụ na mụ anọdụ n'otu ebe na-eche nanị echiche.

N'oge a agụụ na-agụgbu m, akpịrị na-akpọkwa m nkụ. Ihe oriri dum anyị ji fuchara na miri mgbe ụgbọ anyị gbawara. Dị ka otu m...

...kara na mbụ, ọ dịghị ihe ịnọ n'otu ebe na-echegharị ihe ndị a dum ga-emere m. N'ihi nke a m malite chewe ụzọ m ga-esi enweta ihe m ga-eri. Mgbe m lere anya gburugburu n'ebe nile ka m hụrụ ọtụtụ osisi miri mkpụrụ dị iche iche, ma ọ dịghị nke m maara n'ime ha. Ifuru nke dị n'elu osisi ndị ahụ dum mara mma, nweekwa isi ụtọ. Site na mmekpa ahụ nke m nọ n'ime ya, enweghị m ike lezie anya gburugburu wee too Chukwu n'ihi ọrụ ọma Ọ rụrụ n'ebe ahụ.

Ọ tụghị sị na m nọ na mmekpa ahụ, ọ gụrụ m agụụ nke ukwu iji mgbaasị were osisi ndị a welaa ala m. M chefuturu mmekpa ahụ m nke nta mgbe m nọ na-ele osisi ndị a na ifuru dị n'elu ha anya. Ala nga a osisi ndị a pụrụ yiri nga madụ na-aza ụbọchị dum ka otu a na-aza ezi. Otu obi gwara m si na ebe ọ bụla dị otu a ga-abụ ebe ndị mmụọ bi, n'ihi na mgbe m bụ nwa ntakịrị ka nna m, onye na-agọ mmụọ gwara m ihe banyere ebe ndị mmụọ na-ebi. Echiche nke a mere ka ụjọ na-atụ m. Ma ebe ụzọ m ga-esi agbalaga adịghị, m jisie obi ike, were obi dimkpa baa n'okpuru osisi ndị ahụ. Ndị mmụọ anọghị ya. M na-aga, m na-ele anya n'elu, na-achọ ma ọ dị mkpụrụ osisi a na-eri eri m ga-ahụ. Ọ dịghị nke ọ bụla m hụrụ. M jere ije dị ka mile isii n'okpuru osisi ndị ahụ ma ọ dịghị ihe ọ bụla a na-eri eri m hụrụ. Nke a mere m jiri laghachi azụ.

Mgbe m tụgharịrị anya n'ebe aka ekpe ka m hụrụ otu osisi yiri ukwa. Mgbe m leziri ya anya,...

...m chọpụta na ọ bụ otu osisi ndị ahịa na-eweta mkpụrụ ya n'oge m nọọrọ n'Akure. M rigoro n'elu ya, ghọda isi ukwa ahụ otu m ga-enwe ike buru ruo n'akụkụ miri ebe m chọrọ iwu ụlọ nga m ga-ebi ruo n'oge anụmanụ ga-atagbu m. Mgbe m ruru ọnu miri ahụ ka m chetara si na ọ dighị ọkụ m nwere. Nke a bụkwa mmekpa ahụ ọzọ siri ike n'ihi na madụ anaghị enwe ike rie ukwa ma ọ bụrụ na e sighị ya esi ma ọ bụkwa a rụghị ya arụ n'ọkụ.

"Chi nyere nwa mgbeị ji awọm, ga-enyekwa ya mbazụ ọ ji egwuru ya". Ya mere obi kaa m.

N'ihi ụkọ ọkụ dị ka nke a, nke dị n'oge ahụ, ndị Bekee na-enye onye ọ bụla na-arụ ọrụ n'ụgbọ ma ọ bụ onye efu bara n'ime ụgbọ ahụ, otu mma nta na otu enyo nke madụ ga-eji nweta ọkụ site n'anyanwụ. Mgbe obi m gara n'enyo ahụ, m tinye aka n'akpa uwe m, hụ otu enyo na otu mma nta dị ya n'ime. M kpọkọta osisi na ahịhịa kpọrọ nkụ n'otu nga ma site n'ike anyanwụ, m tinye ha ọkụ. Ihe mbụ m mere bụ ịkpọkọta ahịhịa na osisi kpọrọ akpọ n'otu ebe. Mgbe anwụ chawara m were enyo ahụ cheta n'elu osisi na akwụkwọ ndị a. Okpomọkụ anwụ esite n'enyo ahụ baa n'ime osisi na akwụkwọ ndị a ma mee ha ebido nwuwe ọkụ. N'ihi na ọ dighị ite m nwere, m rụọ ukwa ahụ arụ ma taa ya nke efu.

Ụkwa a tọrọ m ụtọ nke ukwu karịa ndị mbụ

m riri mgbe m dị n'Akure. Ihe mere ka ha tọọ m ụtọ otu a sitere n'ala nga ha pụrụ. Otu na otu ọ bụla ukwa a adịla, o nyere m ndụ na ike ọhụrụ. M hụkwara ọtụtụ osisi m maara n'ebe...

...ahụ ma ndị nke kwesịrị ịkpọ aha ha bụ akụ Bekee, ọkwụrụ Bekee, afụfa, otu ukpa nkwụ, ụtụ, na udara. Miri akụ Bekee bụ mai m mgbe na mgbe m richara ihe. Miri akụ Bekee ahụ tọrọ m ụtọ nke ukwu. Agụụ enwekwaghị ike igbu m. Ihe m na-atụ ụjọ bụ mkpụ ụmụ anụmanụ dị ka nke agụ iyi, na nke ọzọ dimgba, na nke ọtụtụ anụ ọjọọ ọzọ dị iche iche.

ISI 4

ỊWỤ ỤLỌ, ỌKỤ AZỤ NA ỊKỤ AKWA

Ihe ọzọ m mere bụ ịwụ ụlọ nta n'akụkụ miri ahụ. Ọrụ ụlọ a rara m ahụ nke ukwu n'ihi na ọ dịghị mma ukwu m nwere. Gịnị ka mma nta nke a nwere ike ime? N'ihi adịghị mma ọzọ m nwere, m were nke a otu ahụ gbuwe osisi. Osisi m nwere ike gbuo n'otu ụbọchị bụ osisi iri. M si otu a na-egbu ha ruo mgbe ha zuru ọgụ iri na anọ. M jiri otu ọnwa pịchaa ha ọnụ. Ụbọchị iri ka m jiri zọọ aja, were ụbọchị iri na anọ mai osisi ahụ n'ala, tụọ ha aja. M jiri ụbọchị iri na asatọ kpaa akwụkwọ ọkwụrụ Bekee. Ozugbo oge m jiri rụchaa ụlọ ahụ bụ ọnwa abụọ na mkpụrụ ụbọchị iri na abụọ. Ọrụ ụlọ rara ahụ tụmadị mgbe ọ bụ nanị otu onye na-arụ ya. Ogugu ukpa nkwụ nke dị n'ala a ka m jiri mee ibo na okpukpo. Mgbe ụlọ a kọchara, m biri n'ime ya.

N'ihi na enweela m ụlọ, ụjọ anụmanụ ndị a atụkwaghị m nke ukwu, n'ihi ha bịawa ịtagbu m, m ga-agbaba n'ime ụlọ m, kwachie ibo. Mgbe m nọrọla ihe dị ka ọnwa isii n'ebe ahụ ike ndụ agwụ

m. Dị ka otu madụ nile maara, owu bụ ihe ọjọọ. Madụ dị ka atụrụ nke na-anaghị aga ije na nge na nge, kama ha na-esokọta n'igwe mgbe nile. Ọnọdụ m mere ka m chee ọtụtụ echiche dị iche iche. Ma mgbe m bịara cheta ihe gbasara mmekpa ahụ madụ dị ka Osondụ na Ogu na Ukauwa na ọtụtụ ndị ọzọ nwerela, obi m aghara ichegbukwa onwe ya. Nke a emeghị m ghara ichekwa ụbọchi nile ihe gbasara nne m na nna m, ụmụ m na ndị enyi m, na ndị nke m nwụrụ anwụ, nke ka nke, Mmaanụ nwunye m, onye m hụrụ n'anya nke ukwu. Ebere emewe m, obi m atawa m ụta na nhapụ m hapụrụ Akure ebe m nọ n'udo na-ezi ndị ọmụmụ ọrụ ihe. M cheta mgbe m nọ n'Eko n'aka nna m ukwu onye merela m ihe ọma. M chetakwara ụlọ ọma dum dị n'Eko ma ihe ọma dị iche iche n'obodo ahụ. Mgbe m chetachara ihe a dum bịa tụgharịa anya lee ebe m nọ ugbu a, obi alụlụọ m nke ukwu.

Mgbe ọrụ ụlọ m gwụchara enwekwaghị m ihe ọzọ m ga-eme. Mgbe ọ bụla m richara nri mụ agaa n'agịga miri na-ele anya n'ime miri, na-elekwa ụmụ azụ nga ha na-egwu miri. Ụzọ m ga-esi egbu ha adịghị n'ihi na enweghị m ihe ọ bụla e ji egbu azụ, dị ka nkọ na ụgbụ. Otu ụbọchi ka m chetara otu ihe yiri ekete nna m na-eji egbu azụ n'obodo anyị. M jiri ọkwụrụ Bekee...

Ma hụ out the na –aca ka ọla edo

...a wara awa kpaa ya dị ka otu m hụrụ nna m siri kpaa nke ya. M bie ya ọnụ nga azụ ga-enwe ike baa ma ọ gaghị enwe ike pụta. M jiri ụbọchị atọ kpachaa ekete atọ.

M tinyere ha idide mgbe m gaje itinye ha na miri. Ihe m kwere tinye ha idide bụ ihe madụ nile maara. Ọ bụ ya ga na-akpọta azụ ahụ ịbịa n'akụkụ ekete ahụ n'ịba n'ime ha. M jiri osisi masie ha ike n'ala miri otu azụ ọ bụla agaghị enwe ike buru ha gbalaga. Mgbe chi bọrọ m gaa n'akụkụ miri ebe m tiri ekete nile ma ha egbuola azụ. M lee anya na miri ahụ, hụ ekete abụọ azụ juputara n'ime ha. Ahụkwaghị m otu. Nke a mere m jiri chee na azụ ukwu eburula ya gbalaga. Obi tọrọ m ụtọ nke ukwu n'ihi na ahụla m ihe m ga na-eji eri ukwa ahụ nke bụ nanị ihe oriri m nwere. M rịda ngwa ngwa, rịba n'ime miri, bụpụta ekete abụọ ahụ azụ juru n'ime ha.

Mgbe m si na miri pụta n'elu ala ka m hụrụ otu ọfụrụma ebili miri kwapụtara n'elu ala. Ọ tụghị sị ọfụrụma bụ azụ nwere ike nke ukwu, ma ọ tụghị m egwu ọ bụla n'ịga buru ya n'ihi na m maara nke ọma na azụ anaghị enwe ike ọ bụla mgbe miri bụpụtara ya n'elu ala. M waa afọ azụ a, hụ otu ihe na-acha ka ọla edo ma ọ bụghị ya. Mgbe m leziri ya anya, obi m agwa m sị na ọ ga-abụ nkume ruru oke ọnụ ahịa. M were ya dote n'otu ebe n'ụlọ m. M hụrụ ọtụtụ ihe ọzọ dị n'afọ azụ a, nkọ na ihe ọzọ dị iche iche. M rigide azụ n'ụbọchị ahụ ike agwụ m n'ihi na o tèéla anya m na-eribeghị azụ ọ bụla.

Ihe ọzọ nyere m mmekpa ahụ bụ akwa na uwe.

Akwa na uwe anyị nile fuchara mgbe ụgbọ anyị gbawara. Nanị nke dị anyị n'ahụ ka anyị ji. Uwe m ruo inyi m saa ya ma gbaa ọtọ, mgbe ọ kọrọ m chịrị ya sụrụ. Nke a mere m jiri chee ikwe akwa. Ọrụ ikwe akwa bụ ọrụ nne m maara nke ọma. Site na anya na-eru m ala, m mụtara ikwe akwa n'oge m bụ nwata. Ihe m ga-eji eme akwa a bụ ihe rara ahụ n'ihi na m chọọla ọnu miri ahụ gburugburu ma ahụghị m ọghọ. N'ụbọchị ọzọ, m kwere ka m hụ ọghọ baa n'ọhịa dị n'akụkụ miri a ịchọ ya. Mgbe m gamiri n'ime ọhịa ahụ m hụ osisi ọghọ ahụ m na-achọ ka ha juru nga nile. M tipụ uwe m tụọ n'ala, ghọjụọ ya ọghọ otu m ga-enwe ike palite buru laa. Mgbe m tụchara ọghọ ahụ, m mee nkwe nga m ga-adụ akwa ahụ. M were ọghọ ahụ wụọ na nkwe ahụ, were ụfọdụ tụọ ahịhịa: m jiri mma nta ahụ pịa otu ọtụtụ m jiri kụọ akwa ahụ.

ISI 5

IJERU FINDA

Otu ụbọchị m hapụ ọnu miri a ebe ụlọ m dị, baa n'ime ọhịa ahụ dị ụlọ m nso. Otu obi agwa m sị m jisie ike chọpụta usọtụ ọhịa ahụ. Ihe m nwere n'ụlọ m bụ enyo ahụ m jiri dọrọ ọkụ n'ihu anyanwụ na mma nta m ahụ, na ihe ahụ, yiri ọla edo na uwe m. M jere ije ụbọchị asaa ma erughị m usọtụ ọhịa ahụ. N'ụbọchị nke asatọ ka m...

...pụtara n'otu mbara ọcha nga ọ dịghị onye ọ bụla bi ya. M lee anya n'ala bịa hụ ọtụtụ ọnụ dịcha ka ọmị a tụrụ atụ ma ha dị mbara, nwee ike ịba madụ.

Site n'ike ọgwụgwụ m dina na mbara ọcha ahụ rahụ ụra. Ahụ m dum yiri ka onye e kedoro n'osisi. M jisie ike n'ilite ma enweghị m ike ya. Onyọnyọọ kụrụ m, obi efuọ m. M malite tiwe mkpụ. Mkpụ m tiri mere ka ndị nile bi n'ime ọnụ ahụ nke m chere bụ ọnụ nnukwu anụmanụ bi riputara na-ele madụ na-eti mkpu dị otu a. Mgbe ha pụtara ma hụ otu m toro ogologo, ha nile agbaa ọsọ n'ihi egwu. Ha ahụbeghị onye dị ogologo, na-eji njị ka m.

Ụfọdụ n'ime ha, ndị nwere obi ike guzọ ilezụ m anya. Mgbe ha hụrụ na e kegidere m eriri n'ụkwụ ma n'aka ma n'isi, ha etie mkpụ, kpọọ ibe ha ndị gbara ọsọ sị ha bịa, na ọ dịghị ihe ọ bụla m ga-enwe ike melite. Mgbe ha nụrụ nke a obi esie ha ike, ha dum apụtachaa na-ele otu m dị. Mgbe ha lechara m ha arịbakwa n'ime ọnụ ha. Mgbe o ruru ihe dị ka oge hour abụọ ha dum para m n'ụkwụ na aka laa.

Mgbe chi bọrọ ha ewere mkpọrọ tinye m n'ụkwụ ma tọpụ m eriri ahụ ha jiri jide m mgbe m dị n'ụra. Ha were m garuo n'otu mbara ọcha ọzọ nke sara mbara karịa mbara ọcha ahụ ebe ha jidere m. N'ebe a ka anyị nọrọ rie nri ma nwere ume ịga n'obodo nga onye nwe ala bi. Mgbe anyị gara ihe dị ka mile asaa m nụwa ụzụ na-atụ n'obodo ahụ, nke a mere m jiri mara na obodo a bụrụ ibu. Site n'ebe m nọ nụ ụzụ ahụ ma ruo...

...n'obodo a bụ ihe dị ka mile ise. Nke a ga-eme onye na-agụ akwụkwọ a mára sị na obodo a bụrụ ibu nke ukwu.

Obodo Finda dị n'elu ugwu. Nke a mere onye nọ otu mile n'obodo ahụ ga-ahụ otu ụlọ elu ukwu e wuru na ya. Otu mgbidì gbara ala ahụ gburugburu ka obodo Kano dị n'ala Hausa si dị. Mgbidi a nwere ọnụ ụzọ iri na abụọ ebe madụ si aba n'ime ya. Ụzọ nke kacha ibe ya mbara maa mma, bụ ụzọ nke gara otu ihu n'ụlọ onye nwe ala.

Ha na-agbachi ụzọ nke a mgbe dum. Otu onye na-echegide ha ka madụ ghara isite na ha baa ma pụọ n'obodo ahụ. Ọrụ onye ahụ bụ imeghere onye ọ bụla ndị isi ala kwerela ka ọ gaa hụ onye nwe ala, ụzọ.

Mgbe anyị ruru n'ọnụ ụzọ ahụ ka m maara na ala Finda bụ ala ukwu. Ọ bụ igwe ka ha jiri kụọ ibo e jiri gbachie ọnuisiọnụ ahụ ma ha jikwara ọla edo kụọ otu ụlọ elu dị n'etiti obodo ahụ igosi na ọ bụ nga onye nwe ala bi.

Onye ahụ na-eche ọnuisiọnụ ahụ gbagheere anyị ibo ukwu ahụ. Mgbe m lere anya n'ime ya obi agbafuọ m n'ihi ihe m hụrụ. Ha mitecharaakwa ụgbọ n'akụkụ aka ekpe site n'ọnuisiọnụ ahụ ruo n'ebe e si abakpụ n'ụlọ onye nwe ala. Otu akwa tụrụ agwa agwa ka ajụ ala ka ha gbasara site n'ọnuisiọnụ ahụ ruo n'ebe akwa ụgbọ ahụ jeruru. Akwa ahụ mara mma nke ukwu ma onye ọ bụla bịara abịa n'ebe ahụ aghaghị ị tụ egwu n'ịzọ ya ụkwụ n'elu.

Ndị agha nọcha n'akụkụ abụọ nke ụzọ ahụ gbaduru ebe onye nwe ala bi. Ha nile mipụta-...

...chara mma agha ha n'ọbọ, were ọnụ ha dụkọta n'otu ebe. Nke a bụ ihe tụrụ m egwu karịa, mee ka m chee ịgbalaga azụ. Ndị agha ahụ anaghị adụkọta mma agha ha n'oge dum. Nke a ka ha na-eme mgbe onye ukwu aha ya hịrị ụdụ gafeje ihu onye nwe ala. Nke a bụ ezie n'ihi na mgbe anyị bakpuchara n'ụlọ onye nwe ala, ha nile eweda aka ha otu mgbe, mịbachaa mma agha ha n'ọbọ.

Agaghị m enwe ike ịkọ otu ụlọ onye nwe ala dị. Ohere adịghị n'akwụkwọ a nga m ga-akọ ihe nile m hụrụ n'ime ụlọ ahụ. Ndị kpụ m jiri m baa n'otu ụlọ. N'ebe a ka m hụrụ onye nwe ala Finda nga ọ nọ n'oche eze ya e jiri nkume na-egbunyeghị nweghe mee.

N'akụkụ aka nri oche ahụ otu agụ e jiri nkume kpụọ dị. N'aka ekpe, otu enyi ukwu a kpụkwara kpụ dị. Ihe ndị a nyere ebe ahụ ebube karịrị akarị. N'azụ oche ahụ ọgụ ndị agha na iri a kpụpụtara na nkume bụcha egbe na mma dị. Onye na-elezighị anya ga-eche na ndị agha ahụ bụ madụ dị ndụ. Ha dum sụcha uwe yiri nke ndị na-ece ụzọ sụ.

Anụghị m ihe ọ bụla ndị kpụ m na-ekwu. M tụfuru ndụ ma were ọnwụ, werekwa obi dimkpa na-eche ihe onye nwe ala ga-eme m—igbu m egbu ma ọ bụ idote m ndụ. O tụrụ onye nwe ala n'anya nke ukwu n'ịhụ madụ dị ogologo ka m, ma nke ka nke, n'ịhụ na m na-eji njị. N'ihi na ọchịchịrị gbara mgbe anyị rụrụ, o gwa ha ka ha were m tinye n'ime otu ụlọ, kegide m n'otu igwe dị nga ahụ, otu mụ agaghị enwe ike ịgba ọsọ.

Onye nwe ala sikwa na ụbọchị ọzọ a ga-agba m ọchị n'ahịa. Ha ewere m gaa n'otu ụlọ, dote nanị m n'ebe ahụ. Ha nyere m nri n'ụchịchị ahụ,

nyekwa m ihe ndina. Dị ka m kwuru na mbụ, ndị
obodo a ahụbeghị onye ojii mbụ. Nke a mere ha
nile ji gbapụtachaa na-eleta m. Mgbe m richara
nri ha kpọrọ m gaa n'ime ahịa otu madụ nile ga-
ahụzụcha m anya. Onye nwe ala obodo a zigara
ndị na-achị obodo ọzọ dị iche iche ozi ịbịa lee otu
madụ ojii ya nwere. Otu a ka ha jiri m gaa ahịa
ụtụtụ na nke ehihie na-agba m ọchị ruo ụbọchị
asaa. Ndị nwe ala obodo ọzọ bịara lee m malitere
nwewe anya ụfụ n'ebe onye nwe ala a nọ, n'ihi na
o nwere ihe ha enweghị. Mgbe onye nwe ala ahụ
matara ihe nke a ọ chọghịkwa iwepụ m n'ahịa, ka
ndị iro ya ghara ịkpọrọ m.

Ụlọ nile dị n'ebe ahụ mere hịrịm ahị, elu ha
dịkwa otu ahụ. Ọ bụghị agbagba ka ha jiri kpuchie
elu ha kama ọ bụ otu ihe na-acha uhie uhie e jiri
ụrọ kpụọ ma nụọ n'ọkụ. Bekee na-akpọ ya "tile".
Anwụ chawa, onye nọ n'ụlọ elu ahụ agaghị enwe
ike lepụ anya n'ezi n'ihi na anwụ na-eme ka ọ na-
egbu amụmà. Ọ bụ gịnị ka m ga-akpọ aha ghara
ibe ya? M ga-aka ihe gbasara osisi na ifuru dị ha
n'elu na isi ha kwa, ka ọ bụ ala, ka ọ bụ osimiri
na ikuku ọma si na ya na-ekusa madụ? Obodo
Finda bụ ala mara mma n'ụzọ dum. Ọ bụ ala
kwesịrị ncheta.

****ISI 6****

****OTU ODUMODU SI LỤỌ ADA ONYE NWE ALA****

N'ihi na m bụ onye ojii, onye nwe ala ahụ na-eji m eme ọnụ. O na-aka sị ọ dịghị onye nwe ala ọzọ nọ n'akụkụ obodo ya nwere onye ojii ma ọ bụghị nanị ya onwe ya. O dụụrụ m ọtụtụ uwe mara mma. Mgbe m ga-apụ ezi ọ na-eji ọla edo na ọla ọcha ejikwa m nke ọma. Ebe ọ bụla onye nwe ala ahụ gaje, o na-akpọ m na-aga. M na-esokwa ya ka nkịta. Otu ụbọchị ọ kpọọrọ m gaa n'ebe agbara ala ha dị. Dị ka otu omume ala ahụ si dị, onye nwere ihe ọhụrụ ga-ewere ihe ahụ gaa n'ihu agbara ala ha, ma were ego nye agbara ahụ otu ihe ahụ ga-anọ ndụ. Anyị gara ije dị ka mile atọ tupu anyị eruo ebe ahụ. Mgbe anyị ruru n'otu ọnu miri onye nwe ala arịda gawa n'ebe aka ekpe ya. Anyị ewere otu mkpọkọrọ ụgbọ dị n'ebe ahụ kwọfee otu miri kwara n'ebe ahụ.

Amaghị m ihe onye nwe ala kwere kpọrọ m bịa n'ebe a. M chere si na ọ chọrọ ịresi m ndị obodo ọzọ, ma mgbe m chetara si na ọ hụrụ m n'anya na-ejikwa m eme ọnụ, obi m agwa m sị na ọ gaghị abụ ọrire ka ọ kwere kpọrọ m gawa n'ebe ahụ. M chekwara si ọ ga-abụ aja ka ọ ji m gaa ịchụ, n'ihi na ndị nwe ala na-eji ihe ruru oke ọnụ na ihe ha hụrụ n'anya achụrụ agbara aja. Anụghị m ihe ha na-ekwu, ọ bụ aka ka anyị jiri na-akparịta ụka.

Mgbe anyị rịdara n'ụgbọ, anyị agaa ihe dị ka mile abụọ ruo n'ebe agbara ahụ dị. O bi n'ime mkpụ dị na nkume yiri ụlọ. Anyị abaa n'ime mkpụ a. Mgbe m lere anya n'elu m hụrụ otu madụ e si na nkume ahụ tụpụta. Ihe nke a tụrụ m n'anya nke ukwu otu madụ nwere ike were nkume siri ike nke ukwu tụọ madụ. N'elu madụ a, otu miri nta na-acha ụcha na-asọpụta. Mgbe m nọrọ n'ala ahụ tee anya ka m matara na ọ bụ isi iyi nile dị n'ala ahụ. Onye nwe ala ewere miri ahụ kwọsa m n'isi ma wụnyekwa ụfọdụ n'ọnụ m. Mgbe o kwuchara ọtụtụ okwu o kwuru, ya ewere otu karama gbara miri ahụ nye m sị m buru n'isi. Mgbe anyị ruru ụlọ, o were miri ahụ meekwa dị ka otu o mere na mbụ, nụọ nke fọrọ afọ n'onwe ya.

N'ihi na anụghị m okwu ala ahụ, onye nwe ala enye m otu onye nkuzi ọ na-akwụ ụgwọ n'ọnwa n'ọnwa si ka ọ kuziere m okwu obodo ahụ. Onye nkuzi a hụrụ m n'anya ma were obi ya nile zi m ihe. Mgbe m na-anọọla otu afọ n'obodo ahụ m nwerela ike ikwu okwu ha, mụtakwa ide akwụkwọ n'asụsụ obodo ahụ. Mgbe m na-anọọla afọ atọ n'ebe ahụ m matala akwụkwọ nke ukwu nke mere onye nwe ala jiri mee m onye odè akwụkwọ ya. Ọrụ nke a bụ ọrụ ukwu n'obodo nile n'ihi na ọ dịghị ihe ga-eme n'ala ahụ nke m na-agaghị amata ma deekwa ya n'akwụkwọ. M nwere ike rụọ ọrụ a nke ọma. Nke a mere ka onye nwe ala ahụ hụ m n'anya. Mgbe m chọrọ ịlụ ada ya, ya ekwere.

Ndị obodo ahụ nile ekweghị. Ha sị na ọ dịghị...

"ndi na-ete uri n'elu eriri"

...mma ka m lụọ ada onye nwe ala n'ihi na m bụ onye ojii. Ọzọ kwa na ha jidere m ejide, ha amaghị ala m, ha maghị ndị mụrụ m; na eleghị anya m ga-abụ ohu n'ala ebe a mụrụ m. Site n'ịhụnanya ada onye nwe ala ahụ nwere n'ebe m nọ, ya agwa nna ya sị ma ọ bụghị m, ọ dịghị onye ọ bụla n'ụwa a ya ga-alụ. Nke a mere ka onye nwe ala jị kpọọ nzukọ ndị ọha ịjụ ha echiche obi ha. Mgbe ha zukọtachara, onye nwe ala apalịte kawara ha ihe banyere ozi ọma nile m gara n'ala ahụ, ma ugbu a m na-eme umere ka onye a mụrụ n'ala. Mgbe ha nile hụrụ sị olulu a masịrị onye nwe ala, ha ekwe sị anyị lụwa. Ihe ha mere bụ ideputara m iwu ndị a:

(i) "Ị ga-etinyere anyị aka n'akwụkwọ sị na ndụ gị nile ị ga-abụ ohu onye nwe ala obodo anyị na mgbe ọgụ ma mgbe udo."
(ii) "Ị gaghị ahapụ ala anyị ma ndị ọha ekweghị sị ị laa. Onye nwe ala nanị ya agaghị enwe ike ịsị gị laa."
(iii) "Ị ga na-arụ ọrụ odè akwụkwọ ala ọha mgbe nile, ma i were ụka ala kọọrọ mba ọzọ, ndị ala dum ga-agbakọta gbụọ gị."
(iv) "Ị ga-etinyere anyị aka n'akwụkwọ sị ị gaghị akara ndị obodo ọzọ sị onye nwe ala anyị na-eri anụ madụ."

Mgbe m gụchara ihe ndị a dum dị n'iwu ha nyere m, m dee aha m n'okpuru akwụkwọ ahụ n'ịzịpụta na m kwerela ihe dum ha nyere n'iwu. Ọnwa abụọ ka ha jiri jikere banyere olulu mụ na ada onye nwe ala. Mgbe ụbọchị ahụ ruru ha akụọ mgbirimgba ukwu ala ọha, kpọkọta madụ nile gwa ha sị na ọlụlụ nwanyị ahụ eruola. Uwe m na nke onye ngam sụrụ na-acha uhie uhie. E jiri ọla edo na ọtụtụ ọla ọzọ ruru oke ọnụ ahịa jikwaa ha. Ndị ụmụ ntakịrị nwanyị chị uwe e jiri wuchie nwanyị m ihu na aka, sụkwara uwe dị ka nke anyị. Agaghị m enwe ike ịkọ otu ala ahụ dị n'ụbọchị ahụ. Ha tụrụ ọdụ n'ụzọ, werekwa akwa ụgbọ jikwaa ụzọ nile, were akpụkpọ agụ na nke ọdụm tụọ n'ala nga anyị ga-azọ ụkwụ. Ha na-akụ nkwa, na-egbu opi, na-agụkwa uri.

ISI 7

ỤBỌCHỊ ỌLỤLỤ NWANYỊ

N'ụtụtụ ụbọchị ahụ madụ nile dị n'ala ahụ ejikwaa onwe ha nke ọma; ndị agha onye nwe ala sụrụ uwe ha ji alụ ọgụ ma kpère ihu, mụ na nwunye m na nne ya, na nna ya, na ụmụnne ya soro ha. Ndị obodo ahụ fọrọ afọ esoo anyị n'azụ. Madụ yiri aja n'ụbọchị ahụ. Ụlọ ukwu ebe ụmụ onye nwe ala na-anọ alụ ọlụlụ ha eguzo n'ezi n'akụkụ ụlọ ahụ. Onye gbara anyị akwụkwọ bụ onye na-eche ego ala ọha onye ọ bụ ozi ya ịgba ụmụ onye nwe ala na di ha akwụkwọ.

Obodo ahụ ejighị ọla alụ nwanyị. Mgbe anyị bara n'ụlọ ahụ ndị ọgụ iri na abụọ akpọrọ anyị gaa n'ebe ha dọtere oche abụọ e jiri ọla edo kpụọ.

Anyị anọdụ n'elu ha, madụ iri na abụọ ahụ amịpụta mma agha ha n'ọbọ ma guzọ anyị n'azụ. Onye ukwu a na-eche ego ala agara bịa guzọ n'etiti ụlọ àhụ, malite kwuwe okwu. Nke a bụ ihe o kwuru:

"Ụmụnne m m hụrụ n'anya, obi dị m ụtọ nke ukwu n'ịbụ onye ga-agba ada onye nwe ala na Odumodu, onye obodo Ahaba, dị ka otu o gwara anyị, akwụkwọ. Mgbe onye nwe ala, nna nwanta nwanyị a gwara anyị ihe gbasara atụmatụ nke a, obi jọrọ anyị nile njọ, n'ihi na ọ dịghị mma ka nwa onye nwe ala lụọ onye ojii, onye anyị na-amaghị ebe o si bịa. Madụ nile dị n'ebe a maara ụzọ anyị si jide Odumodu n'ihe dị ka afọ anọ gara aga; site na amamihe ọ maara na ozi ọma ọ gara n'ala anyị onye nwe ala ekwetala sị ya lụọ ada ya. N'ihi nke a anyị ndị ọha ala, ndị na-enyere onye nwe ala aka na-atụ ụka n'ala, ekwetalakwa. Anyị edepụtala iwu ma Odumodu ekwetala sị ya ga-eme ihe nile dị n'iwu ahụ.

"Madụ nile dị n'ebe a maara sị Odumodu maara akwụkwọ nke ọma, marakwa omenala anyị dum. Ozi ọma ọ garala anyị hiri nne. Ọ ga-adị mma ọ bụrụ sị madụ nile dị n'ebe a ga-ekwe, dị ka otu anyị bụ ọha ekwerela, sị Odumodu lụọ nwanta nwanyị a."

Ozugbo ha etie mkpu sị ha ekwela. Onye a ekwuwekwa ọzọ sị:

"Odumodu, ndị obodo Finda alụnyela gị ada onye nwe ala anyị n'ụbọchị taa. O dị okwu ole na ole m nwere m ga-ekwuru gị. Nke mbụ bụ ịjụ gị ma ị ga na-amata sị nwanyị a ị na-alụ bụ onye nwe gị n'ihi na ọ bụ ada onye nwe ala. Ihe ọ bụla ọ kaara gị ka ị ga-eme. Nwanyị a gwa ndị ala a sị na ị na-eme ya ihe ọjọọ, ọ bụ ogbugbu ka anyị ga-egbu gị. Nke ọzọ ị ga na-elegide anya n'ozi gị

karịa ka ị na-eme na mbụ. I kwere sị na ị luọla
ada onye nwe ala ma were ozi gị na-egwu egwu,
anyị ga-anapụ gị ozi ahụ, napụkwa gị nwanyị a,
ma onye nwe ala kwere, ma ọ bụ o kweghị."

Mgbe o kwuchara ihe a dum o were miri
agbara ahụ nke onye nwe ala kpọrọ m gaa n'ihu
ya, tinye n'iko, nye anyị sị anyị nụkọta, werekwa
nke fọrọ afọ wụsa anyị n'isi. Miri anyị nụkọtara
bụ ihe gosịrị sị anyị bụ otu dị ka otu omenala ha
si dị.

Dị ka iwu ahụ dị, di nwanyị ga-ekwu okwu
ole na ole n'ọlụlụ nwanyị. Nke a mere onye nwe
ala gwara m sị m kwuo okwu. Nke a bụ ihe m
kwuru:

"Onye nwe ala na ndị nọ n'okpuru ya, obi tọrọ
m ụtọ nke ukwu n'ihụ sị ndị ala a nile ekwerela
ka m lụọ ada onye nwe ala obodo a. Ọlụlụ a
n'ikwu ezi okwu, ekwesịghị ekwesị ma ọlị n'ihi
na ọ dịghị mma ka nwa onye nwe ala obodo ukwu
dị ka nke a bịa lụọ onye dị ka m. Ọ dịghị onye ọ
bụla maara obodo nga m si bịa, ma ọ dịghịkwa
onye maara onye mụrụ m, ma m bụ onye a maara
aha ya n'obodo nga a mụrụ m ma m bụ ohu. O
dịghị mma ka madụ were ọnụ ya kaa ihe ọ bụ, ma
ọ bụghị nke a, m gara igwa unu sị abụghị m ohu
n'ala m. Onye mụrụ nne m bụ Oba, eze Benin,
onye nwe ala buru ibu ka ala a, na onye mba nile
nọ n'akụkụ obodo ya na-atụ egwu. Nna m bụ eze;

31

ọ burụ na ọ bụghị eze, o gaghị enwe ike lụọ ada Oba, eze Benin.

"Ndị na-atụ ilu tụrụ sị a na-eji umere madụ mara agbụrụ a mụrụ ya. Omume m site na mgbe m bịara n'ala a ga-ezi unu ma m pụtara n'agbụrụ ọma ma ọ bụ n'agbụrụ ọjọọ. Ịhụnanya bụ ihe siri ike nke ukwu ma ọ bụ ihe mere nwanyị m ji sị ya ga-alụ m, ọ tụghị sị na m bụ onye ojii. Anụla m ihe unu nyere m n'iwu. Ma m ga-agbalị otu m nwere ike idote ha."

Mgbe m kwuchara ihe ndị a dum anyị apụta n'ụlọ ahụ, gaa n'ụlọ onye nwe ala ebe anyị ga-anọ nụọ mai, riekwa nri ọlụlụ nwanyị.

Ndị ala ahụ gwụrụ egwu dị iche iche. Nke tụrụ m n'anya nke ukwu bụ otu egwu ha gwụrụ n'elu eriri. Mgbe m bụ nwanta m nụrụ sị ndị obodo dị n'akụkụ Ikot-Ekpene na-enwe ike gaa ije n'elu eriri ma ahụbeghị m ha n'anya m. Dị ka otu ha kara, ndị na-ete ụri a n'elu eriri agaghị eri ihe e siri esi ruo ụbọchị anọ. Ihe ha ga na-eri bụ ji ahụhụ, otu ha na-agaghị adị arụ. Ndị obodo nke a asọghị nsọ ọ bụla. Mgbe ha kụwara nkwa ha ji ete ụri a, madụ anọ arịgoro n'elu eriri nta ahụ ha kere n'elu osisi abụọ. Nkwa na-agwa ha ihe ha ga-eme. Mgbe o si ha kpọta isi n'ala, ha akpọta ma werekwa ụkwụ ha abụọ tụhịgide eriri ahụ.

Ụri ọzọ mara mma bụ nke nani ụmụ ntakịrị nwanyị tere. Ndị dum na-ete ụri a sụrụ otu ukpa

uwe nke ọla ọcha na ọla edo. Nwanta nwanyị nke
kacha ibe ya ibu kpọ ihu, ndị ọzọ na-eso ya n'azụ.
Ọ dị otu o tere ụri, ha nile esoro ya tee. Ọ bụ nkwa
na-agwa ha otu ha ga-ete. Ụbọchị ahụ ka m hụrụ
madụ dị n'ala ahụ. Ihe ụmụ ntakịrị jiri jikwaa isi
ha dị ka enyo nke nyere aka ime ka ha maa mma
karịa. Akpụkpọ ụkwụ ha sụrụ bụ ọla edo na akwa
ụlarị ka ha jiri mee ha. Akwa ruru oke ọnụ ahịa
ka onye nwe ala tụrụ n'ala ebe ha na-ete ụri.
Mgbe ụmụ agbọghọ ahụ tete ụri ugboro anọ, ndị
na-akụ nkwa apalite kụwa nkwa nke nwanyị a
lụrụ alụ na di ya ga-ejide aka tee dị ka omenala
ha si dị. Madụ nile dị n'ebe ahụ jikere ịhị n'ihi na
m bụ onye bịara abịa, ma ụri ahụ rara ahụ ọtite.

N'ihi na nwanyị m maara omenala ha, o
tufuru ọtụtụ oge n'izi m otu e ji ete ụri nke a. O
tụrụ ndị obodo a n'anya nke ukwu n'ịhụ na m
nwere ike ite ụri a dị ka otu ndị nwe ala na-ete
ya. Mgbe m tesịrị ụri a ike, onye nwe ala, nke bụ
ọgọ m nwoke, agaa weta otu efere ọla edo juru
n'ime nye m. Ọ bụrụ na e ree ọla edo a ere, o ga-
apụta ọtụtụ ego. Ndị bi n'ala ahụ tụọrọ anyị ego.
Na mgbe anyị na-etechala ụri, ego ejupụtala otu
igbe ukwu ha dọtere n'ebe ahụ.

Mgbe m lechara ego ahụ, m chetara nne m na
nna m, na ụmụ m na ụmụnne m ndị nọ n'ala m
na-achọ ego. Ya dị m ka m fụọ ego ọnụ fụlaara ha.
M jiri nke a mara na ihe ndị madụ kara bụ ezie,
Ebe ọ bụla madụ nọ, ebe ahụ maa mma karịdị elu

igwe, onye ahụ ga-echetakwa ala ya. Obodo a mara mma ụzọ iri karịa Eko. M na-ahụ ihe nile m chọrọ. Ụlọ m bi n'ime ya mara mma dị ka ụlọ onye nwe ala Bekee. M nọkwa na-echeta ala m na ikwu m na ibe m. M nwere ụgbọ ala inyinya anọ na-akpụ. Ma ihe a dum emeghị ka m ghara icheta, mgbe ọ bụla, ihe banyere ala m nke m ahụbeghị anya mgbe tere anya.

Nke a mere ndị okenye ji tụọ ilu sị, "A na-eji onye ohi, obi ya egburi ewu." Ụlọ ntakịrị anyị bi n'obodo nta ahụ m na-arụ ọrụ ubi dị m mma karịa ime ụlọ igwe nga a m bi ugbu a. Ụbọchị ọ bụla m chetara ikwu m na ibe m afọ emechie m, achọghịkwa m iri ihe ọ bụla.

Otu ụbọchị mgbe nwanyị m hụrụ na obi adịghị m mma, ya ajụwa m ihe na-eme m. M gwa ya sị na m na-eche ihe banyere nne m na nna m. Ihe nke a were nwanyị m iwe nke ukwu, ma na ihi na m maara sị ọ bụrụ na o kaara ya nna ya ọ ga-eme ya achọọ ụzọ igbu m, m kpeere ya ire sị ya agwaala nna ya ihe ahụ n'ihi na ọ bụ ụka ka m na-arọ. Nwanyị a abịa chetara m otu m si bịa n'obodo ha, ma jụọ m ihe gbasara ndị m hụrụ mgbe m bịara. O sị na ọ hụghị ihe mere m ga-eji na-eche ihe gbasara ala m, n'ihi na onye nwe ala hụrụ m n'anya. Ọ bụghị nanị nke a, o nyekwara m ada ya ọ hụrụ n'anya ka m lụọ. M saa ya sị ihe ahụ dum bụ ezi okwu ma kpeere ya ire sị ya ghara igwa onye nwe ala ihe gbasara echiche m na-eche. Nwanyị a bụ ezi nwanyị. O gwaghị nna ya ihe ọ bụla. Ihe o mere bụ ime ka obi na-atọ m ụtọ mgbe dum otu m na-agaghị enwe efe n'iche ihe gbasara ala m. Site n'ụbọchị ahụ akarakwaghị m ya ihe banyere ala nga amụrụ m.

****ISI 8****

****ỌRỤ ỤMỤ ODUMODU NA FINDA****

N'oge ha jidere m, ọkpara onye nwe ala ahụ anọghị n'ụlọ, nwanne ya nwanyị kaara m sị na ọ nọ n'otu obodo dị America nsọ na-amụ akwụkwọ. O zikwara m onyinyo ya nga o ji mma agha ya n'aka. Onye hụrụ ya ga-amata n'otu mgbe ahụ na ọ bụ onye nkụkọ. Mgbe m jụrụ otu umere ya dị, ọ gwa m na ọ bụ madụ ọjọọ nke ukwu. Nna ya na ụmụnne ya dum na-atụ ya ụjọ. Mgbe o gbara afọ iri na abụọ, ọ bụ onye isi agha ma n'oge ahụ ka o lụgburu ọtụtụ mba ndị nna ya na-achị ugbu a. Mgbe o kachara ihe a dum gbasara nwata nwoke a, egwu atụọ m, m chee sị na ọ gaghị adị ya mma n'obi n'ihụ na onye ojii dị ka m na-alụ nwanne ya nwanyị bụ ada onye nwe ala. Nwunye m gwakwara m sị na ọ bụ madụ nwere isi ike nke ukwu na ihe nile m nụrụ banyere ya bụ ezi okwu. Ma o kwere m nkwa sị na mgbe nwanne ya lọtara bịa nyewe m nsogbu na ya ga-ezi m ihe m ga-eme.

Chukwu gọziri mụ na nwanyị ahụ nyekwa anyị ọtụtụ ụmụ. Ọkpara m na ụlụ m yiri m nke ukwu ma nwerekwa isi akwụkwọ. Ụmụm ndị ọzọ dịcha ụcha ka nne ha. Ụmụ m dum gara ụlọ akwụkwọ ebe a na-ezi ụmụ ndị nwe ala ihe. Ha mụrụ ọtụtụ ihe n'ebe ahụ, ma nke ha mụsịrị ike bụ ihe banyere ọrụ ubi. Nke a mere m jiri chee echiche banyere ọrụ ubi. N'ala anyị nke bụ Nigeria, ụmụ ntakịrị na-aga ụlọ akwụkwọ na ndị na-etopụta ugbu a na-eche sị na ọrụ ubi bụ ọrụ ihere. Ha dị nzuzu. Onye nwere echiche ga-amata na ọrụ ubi bụ isi ọrụ n'ụwa. Site n'ubi anyị si na-enweta ihe oriri, na uwe anyị na-asụ. Ọ bụghị osisi anyị agaghị enwe ike rụọ ụlọ ọ bụla. O ga-adị m mma ma ọ bụrụ na ndị na-ezi ụmụ ntakịrị ihe na-agwasị ha ike mgbe nile, sị ha eledala ọrụ ubi anya. Ha kọọkwara ha akụkọ banyere ụfọdụ dijị na ọtụtụ ndị ọzọ sitere n'ọrụ ubi meere ndị dị n'elu ụwa ihe ọma.

Mgbe ọkpara m pụtara n'ụlọ akwụkwọ site n'ihe ha ziri ya n'ebe ahụ, ya abụrụ onye ọrụ ubi a maara aha ya. Ụtụtụ dum ọ na-eji motọ ya aga n'ebe ndị obodo ahụ liri ihe na-ele otu ha ji arụ ọrụ ubi. O ziri ha ụzọ ọhụrụ e si eli ihe. Ọ bụ ya ziri ha na ala na-achọ nri dị ka madụ. O mere ka ha mata sị na agbụgbọ ji na agbụgbọ abịrịka na ihe mkpofu ọzọ dị iche iche na-eme ala ka ọ puzie ihe. N'afọ ahụ site n'ihe o ziri ha, ha enweta nri karịa otu ha na-enwe na mbụ. Onye nwe ala kwere nke a nye nwa m ahụ ọtụtụ ego.

Ụlụ m mụrụ ihe banyere ozi Chineke. Mgbe o

lọtara n'ụlọ akwụkwọ ma nụ na ndị obodo ahụ na-
eri anụ madụ, ya echee, kpeere Chineke ka O
nyere ya aka ime ka ha hapụ igbụri madụ. Mgbe
na mgbe ọ bụla ọ hụrụ onye nwe ala n'onwe ya
n'ụlọ ekpere ka ọ na-apalite igwa ndị na-ege ya
nti sị na ọ dịghị mma igbu madụ ma nke jọkariri
njọ bụ iri anụ madụ. Mgbe onye nwe ala nụrụ ihe
nke a ọtụtụ oge, o chegharịa ma chọpụta n'onwe
ya sị na igbụri madụ bụ njọ n'ihu Chineke ma
n'ihu madụ. Ya onwe ya bụ onye nwe ala enye iwu
sị onye ọ bụla gbụrụ madụ n'ala ahụ, ndị ụlọ ikpe
ga-ama ya ikpe ọnwụ gbụọkwa ya. Nke a mere ka
madụ nile n'obodo ahụ ghara igbu madụ na iri
anụ madụ.

Nwa m ọzọ mụrụ ihe banyere iwu mba dum
nọ n'elu ụwa. O na-ejikwa aka eme ọka. Mgbe o
na-apụtabeghị n'ụlọ akwụkwọ, ndị ala ahụ nwere
iwu jọrọ njọ nke ukwu. Onye zuru ohi ma ọ bụ
onye rara nra, ndị ala ahụ naara egbu ya egbu, ma
ụzọ ha si na-egbu ya jọrọ njọ nke ukwu. Nke a bụ
ụzọ ha si na-egbu ndị ohi. Mgbe ha fụnwuchara
ọkụ n'etiti ahịa, madụ nile eguzọ ya gburugburu
jidechaa osisi akalakpa n'aka. Ha ekee ndị ohi ahụ
eriri tụba ha n'ime ọkụ ahụ, ma were osisi ahụ ha
ji chebiri ha otu ha na-agaghị enwe ike gbalaga.
Ha gbara gaa n'aka nri ma ọ bụ n'aka ekpe ha
ewere osisi ahụ kwaba ha n'ime ọkụ. Otu a ka ha
ga na-eme ruo mgbe ndị ahụ nwụrụ.

Site na ndụmọdụ nke nwa ntakịrị m na ndị

maara iwu n'obodo Finda meziri iwu ala ha ka ọ
dị mma ka nke obodo ndị ọzọ meghere anya. Ndị
nke a bụ isi iwu ndị ahụ ọ tụpụtara ha jiri mezie
iwu obodo Finda:

(i) "Onye zuru ohi, agaghị egbukwa ya egbu,
kama a ga-achapụ ya otu ntị ime ka onye ọ
bụla hụrụ ya mara na ọ bụ onye ohi. Mgbe a
chachara ya ntị a gwa ya sị ọ bụrụ na o dịkwa
na-ezu ohi, ihe a ga-eme bụ ighụpụ ya otu
anya. O bụrụ na nke a emeghị ya hapụ izu ohi,
ihe a ga-eme bụ iwepụ ya gaa n'obodo ọzọ dị
anya ebe o ga-anọ ruo mgbe o nwụrụ. Onye
nwe ala nanị agaghị enwe ike kpee onye ọ bụla
ikpe. O ga na-enwe ndị ụlọ ikpe ga-enyere ya
aka na-ekpe ikpe. Ndị ụlọ ikpe ahụ ga na-abụ
ndị maara akwụkwọ na ndị nwere uche,
marakwa iwu ala nke ọma. Onye dara iwu ga-
enwe ike kpọta onye maara iwu nke ọma
n'inyere ya aka imezi ụka ya.

(ii) Onye rara nra, ihe a ga-eme ya bụ ị tụ ya
mkpọrọ otu afọ, ma a ga-ekpekwa ikpe ya dị
ka ikpe onye zuru ohi.

(iii) Onye chọrọ ụzọ imegide onye nwe ala,
n'ụzọ igbu ya egbu, ma ọ bụ ime ya ihe ọjọọ
ọzọ dị iche iche, a ga-atụ ya mkpọrọ ebighị ebi
otu ọ na-agaghị ahụ ụzọ mee ihe o chere.

(iv) "Onye gbụrụ madụ, a ga-eji ya gwaa ọchụ
onye o gbụrụ. Tupu e gbụọ ya, a ga-ebu ụzọ

kpee ya ikpe n'ụlọ ikpe. Onye maara iwu ga na-enyere ndị ụlọ ikpe na onye e boro ibo aka n'imezi ikpe."

Mana, dị ka m kwuru na mbụ, nwa m ahụ na-ejikwa aka ya eme nka. Ọ bụghị nanị iwu ala Finda ka o meziri, ma o gosikwara ha ụzọ dị mma e si atụ ụgbọ amara. Dị ka madụ nile maara, anyị bụ ndị Ahaba bụ otu n'ime obodo ndị na-atụkanarị ibe ha n'ụgbọ n'obodo nile dị n'ala Nigeria. Nke a mere anyị na-enwe ike nyada osimiri Niger ruo ehere nke Nembe, Akasa na Burutu, nyagoruokwa Lokoja na Ibi, na-eji ha ebụ ọtụtụ ihe.

Ụgbọ ndị obodo Finda nwere dị nọọ ntakịrị dị ka ụgbọ a na-eji egbu azụ n'ụmụ aba miri nta. Miri na-abajukwa ha n'ime, na-eme ka ndị nọ n'ime ha na-akwọpụ miri oge nile. Nanị ndị bịara abịa bụ ndị na-arụ ọrụ ụgbọ n'elu osimiri ukwu.

Nwa m ahụ gosiri ndị Finda otu e si atụ ụgbọ dị mma nke nwere ike ibu pọtịrị mmanụ atọ. Mgbe e gbụdara osisi e ji atụ ụgbọ, a bịa gbụbipụta ogwe ya otu akalaka ụgbọ a chọrọ ị tụ ha; mgbe ahụ ndị ọka ewere mma na anyụike na-atụcha ya tupu ya abịa nweta ụdị ma ọ bụ ọnọdụ nke ụgbọ. Ha ebụrụ ya gaa na miri were agalaba osisi bulie ya elu bịa kpọọ ime ya na azụ ya ọkụ. Mgbe a kpọchara ya ọkụ, ndị ọka ewere mma dị nkọ kwazie ime ya na ahụ ya nile nke ọma bịa

41

tinye ihe ọnọdụ na ihe ọzọ dị iche iche a na-achọ n'ime ụgbọ ahụ. Ihe a na-ekwe akpọ ụgbọ ọkụ bụ ka ọ dị fere fere ma ghara ịdị arụ otu ọ ga-enwe ike see elu n'elu miri.

Ndị obodo ọzọ nọ n'akụkụ obodo ahụ nụrụ ihe gbasara ozi ọma otu onye ojii na ụmụ ya mere n'obodo Finda. Nke a mere ha jiri na-afụsị onye nwe ala obodo Finda ụfụ anya ma bịdọ chọwa ụzọ ịlụsi ya ọgụ otu ha ga-enwe ike kpọrọ anyị laa n'ala ha. Mgbe ndị obodo a na-atụ ịlụsi ha ọgụ ka onye nwe ala obodo Finda nwụrụ.

ISI 9

OLILI ONYE NWE ALA FINDA

Mgbe onye nwe ala a nwụrụ ndị ọha ezie ozi ga kpọta ọkpara ya nọ n'ebe ọ nọ na-amụ akwụkwọ. Oke ọṅụ dị n'ụbọchị ọ lọtara n'obodo ahụ. Mgbe o bara n'ime ụlọ nga ozu nna ya a mịkpọrọ amịkpọ dọrọ ka ndị ala ahụ gbara otu ọṅụ égbè, dị ka omenala ha si dị, igwa ndị ala na ndị obodo ọzọ dị n'akụkụ obodo ha na onye nwe ala anwụọla.

Ndị obodo a, dị ka otu omume ha si dị, anaghị eli madụ mgbe ahụ ọ nwụdara. Ha na-amị ya n'ọkụ ruo mgbe o kpọrọ nkụ otu ọ gaghị esi isi. Ihe mere ha na-amị madụ bụ na ha anaghị eli ozu mgbe o nwụrụ otu m kara na mbụ. Ha chọrọ inwe efe igwa ọtụtụ mba ọzọ sị na onye ahụ anwụọla. Mgbe ndị obodo ahụ dị iche iche bịachara ka ha tinyere ozu onye nwe ala ahụ n'ime igbe ozu e jiri nanị ọla edo mee. Ndị ọha obodo ahụ bịara guzọchaa igbe ahụ gburugburu mgbe ọkpara ya na ada ya na-egbu ewu na ọkụkọ na ehi na ọtụtụ anụmanụ ọzọ dị iche iche. Mgbe ha mechara nke a ha buru ozu madụ ahụ gaa n'ebe e gwuru ala.

Mgbe m lere anya n'ime ala ahụ, egwu tụrụ m. Agaghị m enwe ike kaa otu ime ala ahụ dị.

Ọ bụ nanị ozu ndị eze ka a na-ami ami. Anaghị ami nke ndị ọzọ-A na-edewe ozu ahụ ebe ha ga-adị ka ha dị ndụ, kpọgaba ha n'oche tee ha ezigbo ude ahụrụ n'ihu, fesa ha miri. O dị ka ahụrụ na-esụ ha. Onye lezie ha anya ọ dị ka ha dị ndụ, o zee ume, bewe akwa. E mesịa ụmụ ihe a, sị n'ụtụtụ ruo n'uhuruchi, e lie ozu.

Akwa ụlarị a tụrụ n'ala ahụ dara oke ọnụ ma maakwa mma nke ukwu. Enyo abụọ dị n'isi igbe ahụ. Otu bụ enyo ọkpara madụ ahụ ji ele ihu. Ma i lee anya n'ụkwụ igbe ozu ahụ, ị ga-ahụ onye nwe ala n'elu inyinya ya nga o ji mma agha ya n'aka. Nke a bụ onyinyo o sere mgbe o lụgbụrụ ndị obodo Vun. N'aka nri ya, ị ga-ahụ onyinyo anyị sere mgbe m lụrụ ada ya. N'aka ekpe ya ị ga-ahụ nke o sere mgbe o gbụrụ agụ. Igbụ agụ bụ oke ihe n'obodo ahụ ma n'ọtụtụ obodo ọzọ kwa. Mgbe ochie ị chụ nta bụ nọọ ihe ukwu. Onye ọ bụla gbụrụ agụ na-enwe nsọpụrụ nke ukwu. Onye ọ bụla gbụrụ agụ na-enwe nsọpụrụ nke ukwu n'ihi na ọ bụ dimkpa. Onye nwe ala a bụ dimkpa siri ike, na mgbe o dị ndụ o gbụrụ agụ asaa.

Mgbe e tinyechara igbe ahụ n'ala, ndị obodo ahụ apalite kwuwe okwu n'otu n'otu. Nke a bụ ihe onye nwe ala obodo Mimba kwuru:

"Ugbu a ka m kwere sị na ọnwụ siri ike, otu

o gburu madu nke a dị n'ime igbe ugbu a. O bu obi dimkpa ka m jiri nwere ike ikwu okwu. Mgbe m chetara sị ọ bụ enyi m site n'oge nna anyị dị ndụ ruo ugbu a ọnwụ kewara anyị. Ikwu ọtụtụ okwu gbasara onye nwe ala a bụ ime ka ndị obodo ya bewe akwa nke ukwu. Ya mere m ga-ekwu okwu ole na ole.

"Mgbe nne ya mụdatara ya ọtụ eze dị ya n'ọnụ ma nke a bụ ihe tụrụ madụ n'anya nke ukwu n'ihi na ụmụ ntakịrị anaghị epu ézé n'ime afọ. Nna ya kwere nke a dụje madụ n'ebe ndị na-agba aja. O bụ ha kọọrọ ndị ahụ sị na nwa ntakịrị a ga-abụ madụ ukwu n'ụwa. Otu eze ahụ o nwere ziri sị na Chineke kpụsịrị ya ike karịa madụ nile. O bụ ya ga na-alụgbụ mba ukwu nile dị n'akụkụ obodo unu. O naghị arọ nrọ, ihu anaghị atọ ya ọchị. Mgbe o gere ha ntị, ụzọ o si nweta akọ na uche tụrụ ndị amamihe n'anya. Mgbe o gbara afọ iri na anọ ka o gbụrụ agụ mbụ ma akụkọ agụ ahụ kwesịrị ọkụkọ.

"N'obodo a n'oge ahụ, otu agụ nọ na-esogbu madụ. O na-egbu ewu na ọkụkọ na ọtụtụ anụ ọzọ dị n'obodo a. Otu ụbọchị nwa eze nọ n'ụlọ na-eri nri mgbe o nụrụ mkpụ n'ezi. Mgbe o gbapụrụ ọ hụ nga agụ ahụ ji otu nwa ntakịrị n'ala. Madụ dum dị na nga ahụ agbachaala ọsọ hapụ agụ na onye o na-egbu. O baa n'ime ụlọ were mma ma gakwụje agụ ahụ. Mgbe agụ a hụrụ ya, ọ hapụ nwa ntakịrị a o dọgbụrụ chụrụ ya gawa. Mgbe agụ a ruru ya

nsọ, ya egbuo ya otu ọnụ mma mabie ya abụọ.
Mgbe ndị obodo hụrụ sị o gbuola agụ ahụ ha nile
gbara bịa buru ya n'isi ma kpọọ ya 'Magmaga' ya
bụ onye nzọpụta.

"Madụ nile dị n'ebe ahụ amalite ịka sị na ihe
nwa dibịa ahụ kara banyere nwa ntakịrị a bụ ezie.
N'ime afọ a ka nna ya nwụrụ, ma, site ihe nke a o
mere, ndị obodo a sị ka o bụrụ onye nwe ala mgbe
o gbara nanị afọ iri na anọ.

"Ọrụ mbụ ọ rụrụ bụ ịkụzịrị ndị ala ya otu e si
ebụ agha. O nyere iwu sị nwanta nwoke ọ bụla
gbara afọ iri na anọ ga na-aba n'ụlọ ọzụzụ nga a
ga-ezi ya otu e si na-ebụ agha. Mgbe o
zụpụtachara ndị agha ahụ, o palite ịlụ mba nile dị
n'akụkụ unu. Agha asaa ka o buru ma
merịchaakwa ndị iro ya. Nke a mere mba dum dị
n'akụkụ obodo Finda jiri dịchaa n'okpuru ya ugbu
a. Ihe ọma onye nwe ala meere unu ndị obodo a
hiri nne, ma m kawa ha nga a anyị agaghị ala ala.
Ka anyị nile rịọ Chukwu otu Ọ ga-edote mkpụrụ
obi ya ndụ"

Mgbe o kwuchara bịa nọdụ ọdụ, ndị obodo
ahụ arịọ m ka onye bịara abịa na onye na-edere
onye nwe ala akwụkwọ, na ọ ga-adị ha mma ka m
kwuo okwu banyere onye nwe ala anyị na-eme
olili ya. M zolite kele ha n'ụgwọ ha kwụrụ m
n'ịhọrọ m ka otu onye n'ime ndị ga-ekwu okwu
n'olili onye nwe ala ukwu nke a nọ n'ime ili ugbu

a.

"Enweghị m ọtụtụ okwu n'ihi na onye ala obodo Mimba, onye bụ ezi enyi nna anyị, ekwuchaala ihe nile banyere ya, na ikwu ọtụtụ okwu ga-abụ ikwughachi ihe o kwuru.

"Ndị ala a nile nọ n'ebe a ugbu a maara otu m jiri bịa n'obodo a. Ndị bịara abịa ga-ahụ na ọ bụ nanị m bụ onye ojii n'ime madụ nile nọ n'ebe a. Akụkọ banyere ụzọ m jiri gaa ije rute na mbara ọcha ahụ ebe ndị obodo Finda hụrụ m jide m, bụ akụkọ m kọọrọla onye nwe ala, onye bụ nna m ukwu hụrụ m n'anya.

*"otu akalaka agwọ a chọrọ ịta ha
ọfụrụma na azụ ọjọọ ọzọ na-egbu mmadụ"*

"Ọ tụrụ onye nwe ala n'anya nke ukwu mgbe
o hụrụ m n'ihi na ọ hụbeghị onye ojii mbụ. Nke a
mere o jiri hụ m n'anya nke ukwu ma mee ka.

...ude m ruo ebe dum n'obodo a. Ihe ọma mbụ
o mere m bụ ịkụziri m okwu obodo a site
n'ịhọpụta otu madụ ka o kuziere m akwụkwọ.
N'ihi na m mụtara akwụkwọ a nke ọma, onye nwe
ala, ọ tụghị sị na m bụ onye ojii, mere ka m bụrụ
onye na-edere ya akwụkwọ nke bụ ọrụ ukwu
n'obodo a, dị ka ọ dị n'obodo nile dị n'ụwa. Nke
kacha n'ihe dum o meere m bụ na o nyere m ada
ya ka m lụọ, na-asọghị na m bụ onye ojii, ma ọ bụ
sọọ ihe ọnụ madụ ga-ekwu. Ọtụtụ ihe ọzọ onye
nwe ala meere m dị, ma m gaghị enwe ike
igwacha unu ha."

Mgbe m kwuchara, ọkpara ya si n'ebe ọ nọ
na-amụ akwụkwọ lọta, èlíte ọtọ kwuo ihe ndị a.

"M keleela ndị nwe ala obodo ọzọ dị iche iche
ndị hapụrụ ọtụtụ ozi obodo ha ma bịa n'olili nna
m. Nke a ziri oke ịhụnanya nke unu hụrụ nna m
site na mgbe o dị ndụ ruo ugbu a ọ nọ n'ili. M
keleelakwa ndị obodo a ndị gbakọtara n'ebe a
ugbu a n'inye nna m ugwu ikpeazụ. Nke a kwa ziri
m na unu nile hụrụ ya n'anya, ma ọrụ dum ọ rụrụ
mgbe ọ dị ndụ bara unu n'anya. Enweghị m ọtụtụ
okwu n'ihi na madụ abụọ kwuru okwu n'ebe a
ekwuchaala ihe nile kwesịrị okwukwu. Ihe nke m
rịọrọ ndị ala a bụ inyere m aka dị ka otu unu

nyeere nna m na mgbe udo ma na mgbe ọgụ, n'ihi na, 'ihe ọkụkọ jiri bụọ ibu bụ abụba.' "

Mgbe o kwuchara okwu madụ nile nọ n'ebe ahụ ewere otu olu bụọ abụ nke na-adị onye nwe ala ụtọ mgbe ọ dị ndụ. Ndị nwe ala obodo ọzọ nọ n'ebe ahụ apalite tụbawa ego ha ji na ihe ọzọ dị iche iche n'ime ili. Madụ nile agụwa abụ, tewe ụri; ndị ọgụ agbawakwa egbe ha ji.

ISI 10

OTU ODUMODU SI HAPỤ OBODO FINDA

Ihe dị ka otu ọnwa mgbe e lichara onye nwe ala, ndị ala ahọpụta madụ iri na abụọ ịgụkọta ihe dum onye nwe ala nwere. N'ihi na m maara ihe banyere ọgụgụ ihe, ha họputara m ịbụ otu onye n'ime ha. Mgbe anyị dị na-ele ihe dum, anyị ahụ otu akwụkwọ nke onye nwe ala dere si mgbe na mgbe ya nwụrụ, m ga-abụ onye ga-anọchi ọnọdụ ya. Dị ka otu omume ndị ala ahụ si dị onye nwe ala nwere ike ịhọpụta onye ga-anọchi ya mgbe o nwụrụ. Mgbe ụfọdụ onye ahụ ga-abụ nwa ya, ma mgbe ọzọ ọ ga-abụkwa onye ọzọ. Ọkpara onye nwe ala were iwe nke ukwu n'ihụ na nna ya kpọrọ ya ugwu. Nke a mere ọkọrọbịa a jiri chọọ igbu m.

Mgbe ndị ọha ala ahụ nụrụ ihe gbasara akwụkwọ onye nwe ala dere mgbe ọ dị ndụ, ha kuru mgbịrịgba kpọkọta ndị ala ọha ịmata obi ha banyere akwụkwọ nke a onye nwe ala dere.

Mgbe madụ zukọtachara onye na-eche ego ala apalite kwuwe sị,

"Dị ka otu omenala anyị sị dị, otu madụ nile
nọ n'ebe a maara, onye ọ bụla onye nwe ala
họpụtara mgbe ọ dị ndụ sị na ọ ga-anọchi anya ya,
ga-abụ onye nwe ala; ma ọ bụ nwa ya, ma ọ bụ
onye ọ bụla ọzọ. Ọ bụ onye nwe ala dere akwụkwọ
m jì n'aka ugbu a. N'ime ya o dere otu ọ chọrọ ka
ala dị mgbe ya nwụrụ. Nke a bụ ihe dị n'ime
akwụkwọ ahụ:

"Mụ onwe m bụ Magmaga, onye nwe ala
obodo Finda, chọrọ sị mgbe m nwụrụ, Odumodu
onye obodo Ahaba nọchie anya m ịbụkwa onye
nwe ala, ma ọkpara m ga-anọ n'okpuru ya. M
maara na ihe nke a ga-ebute oke ọsụaghara na
ekweghị ekwe n'ime obodo a mgbe m nwụrụ, ma
ọ ga-adị nọọ mma ọ bụrụ na ndị ala ga-enyere
nwoke a aka n'ịchịkọta ala nke ọma. Ọ bụghị
madụ dum ga-enwe ike ịnọ ọnọdụ onye nwe ala
n'ịchịkọta madụ nile dị ha n'okpuru n'ezi ụzọ.
Madụ dum amarala ihe banyere ozi ọma
Odumodu gara n'ala a site na mgbe o biara ọhụrụ
ruo ugbu a. Nwoke a na ụmụ ya emegheela anya
ndị obodo a n'ụzọ dị iche iche. Ihe a dum mere m
jiri chee sị na madụ a ga-anọchi anya m ịbụkwa
onye nwe ala mgbe m nwụrụ. Ọ ga-adị m mma
n'ala mmụọ ma m hụ sị unu mere Odumodu onye
nwe ala."

"Abụ m,
                    Magmaga,
                              Onye Nwe Ala Finda."

Mgbe ọ nọdụrụ ala, ọtụtụ madụ elite bịa kwuwe otu echiche obi ha dị banyere akwụkwọ nke a onye nwe ala dere. Nke a wetara nkewa n'obodo ahụ; otu ụzọ nọnyeere ọkpara onye nwe ala ahụ, otu ụzọ anọnyere m. Ndị dụịrị ọkpara onye nwe ala ukwu bụ nanị ụmụ ọkọrọọbịa, ma ndị okenye na ndị ọha dụịrị m ukwu. N'ihi nke a ekweghị m mgbe ha na-achọ ịkpụwe m okpu eze. M gwara ha sị na ọ dịghị mma ị nara ọkpara onye nwe ala ahụ ihe Chineke nyere ya. Ndị isi ala ahụ egeghị ntị. Ihe ha mere bụ ịhọpụta ụbọchị ha ga-ekpuwe m okpu eze.

Ọkọrọọbịa nụrụ atụmatụ ndị ọha ala na-atụ, ha gaa gwa ya ọkpara onye nwe ala. Nke a mere ọkpara onye nwe ala jiri detara m akwụkwọ ịjụ m ma ọ bụ n'ezi na m kwérela ịbụ onye nwe ala obodo Finda. Ọ gwara m n'ime akwụkwọ ahụ na ihe nke ahụ agaghị emelite, kama mụ na ya ga na-alụ ọgụ ruo mgbe madụ nile na-adụịrị ya ukwu nwụchara. Amaghị m otu m ga-eji saa ya akwụkwọ nke a n'ihi na obi dị m abụọ abụọ. Mgbe chi bọrọ m dee akwụkwọ gwa ya sị obi m achọghị m bụrụ eze n'obodo ọ bụla, na achọghị m ịbụ onye nwe ala obodo Finda n'ihi na ọ bụghị Magmaga mụrụ m. Mana ebe akwụkwọ nile dịcha n'ọhịa ọka nhọ ahọrọ ọkàzị, ma sitekwa otu iwu ala ha

si dị nà nhọpụta nna ya họpụtara m na ekwela m
ibi n'ala Finda dị ka onye nwe ala.

Mgbe akwụkwọ m ruru ya aka iwe ewee ya
nke ukwu. Ya akpọkọta ụmụ ọkọrọọbịa ahụ dụiri
ya ukwu sị ha gbụọ m, gbụọkwa ndị ọha ahụ tụrụ
sị na m ga-ebichi ala dị ka otu nna ya kwuru.
Mgbe o na-atụ ihea, otu onye abịa gwa m na m
mara onwe m. Ụbọchị ha ga-apalite ọgụ a ka mụ
na nwunye m gbalaa na n'obodo Mimba. Nke a ka
anyị mere. Ebe ahụ ka m nọ nụ na ọkpara onye
nwe ala a egbuchaala ọha na eze bi n'ala ahụ.
N'ihi na ọsọ ndụ anaghị agwụ ike, ụmụ m dum
gbara ọsọ bịakwute anyị n'ebe anyị nọ. M
nụkwara sị na mgbe o gbụchara ndị ọha dum, o
gwupụtara ozu nna ya n'ime ili makpọọ ya ọkụ
n'ihi na o meghị ihe ziri ezi n'iwere ala ya nye m,
bụ onye bịara abịa.

ISI 11

NNARA A NAARA ANYỊ NA MIMBA

Obi tọrọ onye nwe ala obodo Mimba ụtọ nke ukwu mgbe ọ hụrụ mụ na nwunye m na ụmụ m n'ihi na o nụla ihe banyere m, hụkwa m n'oge ahụ ndị nwe ala nile bịara n'òlíli Magmaga, onye nwe ala Finda. Nke a bụrụ ya 'ihe a chọga achọga jiri aka mee onwe ya'. Ihe mbụ o mere bụ inye anyị ụlọ elu atọ dị n'akụkụ ebe anyanwụ na-esi awa n'obodo ahụ. Ihe nile madụ na-achọ dị n'ime ụlọ ahụ. Mgbe anyị nọrọ ụbọchị iri na asatọ n'obodo ahụ onye nwe ala na nwunye ya abịa ile ma ahụ anyị ọ dị mma na ịjụ anyị ma obodo

ha ọ dịkwa anyị mma. Mgbe anyị dị na akọ akụkọ ka onye nwe ala gwara anyị sị na obi dị ya ụtọ nke ukwu n'inweta anyị n'obodo ya ma ọ kelekwara Chukwu nke ukwu n'ihe ọma nke a O meere ha. O sị ma na ya nụrụ ihe banyere ọrụ ọma mụ na ụmụ m rụrụ n'obodo Finda mgbe anyị nọ n'ebe ahụ, ma ọ ga-adị ya mma ma ọ bụrụ na m ga-ewere ezi obi dị ka nke m ji n'obodo ahụ rụọrọ ya ọrụ. Mgbe o kwuchara m saa ya n'okwu ole na ole. M sị ya na obi dịkwa m ụtọ nke ukwu ibi n'obodo ya, na m kelere ya nke ukwu na nlekọta anya o lekọtara anyị site na mgbe anyị bịara nga ya ruo ugbu a. M gwara ya elú elú ihe banyere ụzọ m si bịa n'obodo Finda baa n'aka onye nwe ala ahụ nwụrụ anwụ. M gwakwara ya ihe mere m jiri gbakwute ya. M gwara ya sị na mgbe onye nwe ala obodo Finda gara ịnwụ, na o dere n'akwụkwọ na m ga-anọchi anya ya ịbụ onye nwe ala. Ndị okenye ala ahụ kwere n'ihe o dere n'akwụkwọ ahụ, ma mee otu ike ha ha ime m onye nwe ala dị ka nna ha ukwu nwụrụ anwụ dere. Ụmụ ọkọrọọbịa nyeere ọkpara onye nwe ala ahụ aka igbu m. Ya mere m jiri gbaa ọsọ bịa n'obodo a ebe ha agaghị inwe ike ịbịa igbu m. Ụrụrụ si 'kama isi ya ga-atụ anwụrụ ọkụ, ka ịkwụkwụ ọsọ kwee ya.'

Obi dị m ụtọ nke ukwu otu o maara n'onwe ya ihe banyere nnukwu ozi ọma m gara n'obodo ahụ na ọkwụkwụ ọma onye nwe ala ahụ kwụrụ m. O weere m ka nwa ya, ma n'izi ya na ihe m kwuru bụ ezi okwu, m gwa ya sị na nwanyị ahụ mụ na ya sọ bụ ada onye nwe ala Finda ahụ. N'ihi

ịhụnanya ọ hụrụ m ka o jiri soro m bịa n'obodo a. O bụ ya mụrụ ụmụ atọ ndị a anyị na ha soro bịa. Ọ bụ ha gara ozi nile a na-anụ ihe banyere ha n'obodo Finda. Nke mbụ mere ka ndị obodo ahụ hapụ omume ọjọọ ha nke bụ igbu madụ. Nke abụọ ziri ndị ala ahụ ụzọ a ga-esi eli ihe ya etoo nke ọma. Ụmụ ntakịrị na-etopụta n'elu ụwa ugbu a amaghị sị na ọrụ úbì bụ isi ọrụ n'ụwa. Ndị ihere ịrụ ọrụ ubi na-eme bụ ndị nzuzu. Onye ó bụla nwere uchè ga-asị na ọrụ ubi bụ ezi ọrụ. Mgbe Chineke kere madụ na mbụ, ọrụ O nyere ya bụ ịrụ ọrụ ubị. Nke atọ meziri iwu ala ahụ ma depụta ya n'akwụkwọ otu ụmụ ntakịrị gà na-amụ ya n'ụlọ akwụkwọ.

ISI 12

OWUWU ỤLỌ AKWỤKWỌ NKE MBỤ NA MIMBA

N'ihi na ọ dịghị ụlọ akwụkwọ dị n'ebe ahụ m gwara ya uru madụ na-enweta n'ụlọ akwụkwọ. Ụlọ akwụkwọ bụ ihe obodo ọ bụla chọrọ imeghe anya ga-enwe. Obodo nke na-adịghị ụlọ akwụkwọ o nwere, ebe a ga na-ezi ụmụ ntakịrị ihe dị n'akwụkwọ, agaghị ama ihe ọ bụla. Ụlọ akwụkwọ bụ ebe amamihe.

Ọ bụghị nanị ịgụ ma ọ bụ ide akwụkwọ ka anyị na-amụta n'ụlọ akwụkwọ. Ọtụtụ ihe dị nke anyị ga-amụta n'ụwa. O dị mma ka anyị mụta ihe gbasara ụwa nke anyị bi n'ime ya. O kwesịrị ka anyị mụta ihe gbasara madụ na anụmanụ na nnụnụ na osisi dị n'ụwa. O dịkwa mma ka anyị mụta ihe gbasara ihe dị n'elu igwe na nke dị n'ala, na nke dịkwa na miri. Ma nke kachasị ihe nile, o kwesịrị ka anyị mụta ihe gbasara Chukwu Onye nke bi n'ime igwe na Onye kere madụ nile na ihe nile dị n'ụwa.

Ndị nọ n'obodo ebe m si bịa maara na akwụkwọ bụ ihe ukwu. Ha anaghị eji akwụkwọ egwu egwu n'ihi na ha maara uru ọ bara. Ihe bụ ihe kacha ibe ya mma bụ na ụmụ ntakịrị na-amụta ige ihe nne ha na nna ha na ndị okenye na-agwa ha ntị. Ha na-amụtakwa ịsọpụrụ ndị tọrọ ha na ịsọpụrụ onye nwe ala. Ha na-ahụ ala a mụrụ ha n'anya nke ga-eme ka ha lụọrọ ya ọgụ mgbe ndị obodo ọzọ ga-abịa ịlụsi ha ọgụ. Ha na-amụtakwa sị na ọ dịghị mma ka madụ na-ezu ohi. Nke ka nke, ha na-amụta ihe gbasara ntachi obi. Ha na-amụta n'ụlọ akwụkwọ ime omume dị ka madụ. Ọtụtụ madụ na-eme omume nke na-ekwesịghị madụ ime. Nanị ime ihe dị mma na ihe a na-eto eto bụ ihe kwesịrị madụ ime.

Mgbe m kwuchara ihe a dum, o kelee m nke ukwu ma gwa m na ya na ndị ọha ala ya, ndị na-enyere ya aka elekọta ala, ga-ezukọta ma chee ihe ha ga-eme. O gwakwara m sị na ihe mbụ ya chere ndị ala ya ga-achọ ka m meere ha ga-abụ ime ka ụmụ ha mụta akwụkwọ, ịgụ agụ na ide ede. Mgbe ụbọchị abụọ gafere onye ozi onye nwe ala abịa gwa m na onye nwe ala na-akpọ m. Mgbe m ruru n'ebe ọ nọ, m hụ ihe dị ka madụ iri na abụọ bụ ndị ụlọ ikpe obodo ahụ. Ha jụrụ m ọtụtụ ajụjụ banyere ihe m ga-achọ ime n'obodo ha. Mgbe m gwachara ha ihe m ga-eme ka ndị ala ha mata ihe dị ka ndị obodo ọzọ dị n'akụkụ ala ha dị, ha nile etie mkpu n'oke olu sị, "Onye ga-azụpụta anyị abịala, onye ga-azụpụta anyị abịala." Ụbọchị ahụ ka mụ na nwunye m na ụmụ m atọ soro onye nwe ala na ndị ụlọ ikpe ya gaa obodo ahụ gburugburu, ịhọpụta ebe dị mma anyị ga-ewu ụlọ akwụkwọ.

Ọrụ ụlọ ahụ eweghị ọtụtụ oge n'ihi na ọ bụ ndị ala ahụ dum rụrụ ya. Mgbe ha wụchara ụlọ a mụ na ndị ụlọ m apalite chewe otu anyị ga-eji rụọ ọrụ ukwu nke a dịrị anyị. Anyị tụrụ na ụmụ m atọ ga na-ezi ụmụ ntakịrị nwoke ihe n'ụlọ akwụkwọ ahụ, nwunye m ga na-ezi ndị ụmụ ntakịrị nwanyị, ma m ga-abụ onye ga na-elekọta ọrụ ahụ nile anya.

Ọnwụ nwunye m mebiri atụmatụ anyị dum. Ụbọchị e meghere ụlọ akwụkwọ ahụ ka nwunye m nwụrụ. Nwanyị a arịaghị ọrịa tee anya. Ọ bụ ahụ ọkụ nanị gbụrụ ya ma nke a mere ndị ala ahụ na-amaghị Chineke nke ọma ji chee sị na ọ bụ mgbaasị gbụrụ ya. Ekwetaghi m nke a mgbe onye nwe ala gwara m sị na ha agaala n'ihu otu dibia ma chọpụta na ọ bụ mgbaasị gbụrụ nwunye m, na mgbaasị ahụ si n'obodo Finda ebe a mụrụ ya bịa. Ọ bụ ọkpara onye nwe ala Finda onye chụpụrụ m n'ebe ahụ ka ha chere na o jiri nsị gbụọ nwunye m. Ndị obodo ahụ na-akpa agwa dị ka obodo ọ bụla ọzọ nke na-emepegbeghị anya. Ha na-eche na ọ bụ ndị mgbaasị gbụrụ onye ọ bụla nwụrụ anwụ. Mgbe ochie echiche nke a mere ka e gbuo ọtụtụ madụ n'efu mgbe na-adịghị ihe ha mere. Nkweta nke a mere Arochukwu jiri nwere aha n'ihi na ọ bụ n'ebe ahụ ka otu agbara na-akọ ndị mgbaasị dị. Mgbe ndị Bekee lụsịrị Aro ọgụ ma baa n'ụlọ agbara ahụ ka ndị elu ụwa matara na ọ bụ aghụghọ ka ndị Aro na-aghọ.

Ihe gbụrụ nwunye m bụ akọm n'ihi na anwụnta tara ya mgbe anyị dina n'otu mbara ọcha n'oge ahụ anyị na-agba ọsọ aga Mimba. O bụ nke a kpatara ọnwụ a. O bụrụ na onye dibia maara ọgwụ nke ọma nọ n'ebe ahụ nwunye m agaraghị anwụ.

Ha liziri ya nke ọma ma meekwara ya ihe ọ bụla kwesịrị imere ada onye nwe ala. Ha meziri ala ili ya dị ka nke onye nwe ala obodo Finda. Nke a mere m jiri kelee ndị ala ahụ na onye nwe ala ezi ekele. Ọnwụ nwunye m mere m jiri chewe ihe gbasara ala m. Mgbe ọ dị ndụ, o na-eme ka m chefutụ ala m n'ihi na m hụrụ ya n'anya nke ukwu.

ISI 13

UME MERE AGBỤRỤ ODUMODU

Mgbe e lichara nwunye m, anyị apalite ọrụ izi ụmụ ntakịrị ihe. Anyị jiri ezi obi zi ha ihe ma mgbe o ruola ọnwa isii site na mgbe a rụrụ ụlọ akwụkwọ a ụmụ ntakịrị ahụ agbanweela nke ukwu. Nke a mere ndị obodo ahụ jiri tinye ọtụtụ ụmụ ha n'ụlọ akwụkwọ. Ihe nke a mere bụ ime ọrụ izi ha ihe karịa anyị aka, n'ihi na otu onye na-ezi ọgụ ụmụ ntakịrị atọ ihe.

Ihe ọzọ anyị mere bụ igwa onye nwe ala ahụ na anyị chọrọ ka ha rụọrọ anyị otu ụlọ ebe anyị ga na-anọ ekpere Chukwu. Mgbe ha rụchara ụlọ ahụ, nwa m nke mụrụ ihe gbasara okwu Chineke na-aga n'ebe ahụ n'ụbọchị ụka na-ekwuru ndị ala ahụ okwu Chukwu. Ihe mbụ o ziri ha bụ iwu iri nke Chineke nyere madụ. O zisuru ha iwu mbụ nke gwara anyị sị madụ enwela chi ọzọ tinyere Chineke. Iwu nke a na iwu nke abụọ na-agwa madụ nile ka ha chịpụta, igbụdụ ọgwụ ha, na agbara ha, na ọtụtụ ọgwụ ọjọọ ha nwere mebie. Site na nke a ọtụtụ ha abịa wụọ miri Chukwu. Site

n'ọrụ anyị obodo ahụ nile amata ụzọ e si na-
ekpere Chukwu.

Obodo nile dị n'ebe ahụ amaghị na igbụri
madụ bụ oke ihe ọjọọ n'ihu Chineke. Ha nile na-
egbụri madụ dị ka a na-egbụri ọkụkọ. Site n'iwu
nke isii ndị ala a abịa hụ ọmume ọjọọ ahụ nke bụ
igbu madụ. Ihe nke a ziri m n'ezie na okwu
Chukwu siri ike, na udo na ịhụnanya dị n'ụwa
sitere n'okwu Chukwu nke gbasara n'ụwa dum.
Mgbe ochie mba dum na-eme njọ. Ndị na-agụ
akwụkwọ gbasara ihe na-eme na mba dị iche iche
ga na-ahụ sị na mgbe okwu Chukwu apụtabeghị
ndị madụ mere ọtụtụ ihe ọjọọ, ma ndị ala Bekee,
ma ala ndị ojii ma ndị na-acha uhie uhie kwa.
Anyị ga-ekele ndị mere okwu Chineke jiri gbasaa
n'elu ụwa dum.

Mgbe anyị na-anọla afọ isii n'obodo ahụ, anyị
azụpụtala ihe dị ka ọgụ ụmụ ntakịrị na iri na abụọ
ndị maara akwụkwọ nke ọma na ndị ga-enwe ike
izi ndị ọzọ ihe. Ha nile gara n'obodo nta dị iche
iche n'akụkụ obodo ahụ rụọ ụlọ ebe ha ga na-ezi
ụmụ ntakịrị ihe. Mgbe anyị na-anọla afọ iri
n'obodo ahụ, ọtụtụ madụ emegheela anya, ọtụtụ
ụmụ ntakịrị amụtala kwa akwụkwọ.

N'ọnwa isii n'afọ 1886, afọ nke Victoria, Eze
nwanyị nke England nyere ndị Royal Niger
Company efe na ike ịchị ala dị Osimiri Niger nsọ
na ịgbakwa ụbịrị ahịa n'ala ahụ, otu ihe mere nke

butere m jiri chewe ma chọwakwa ụzọ m ga-esi hapụ obodo ahụ laa n'ebe a mụrụ m, nke bụ Ahaba. Otu nwanta nwoke lụrụ nwanyị n'ụbọchi ahụ ya akpọkọta ọtụtụ madụ ka ha soro ya nụrụ ọnụ dị ka otu omume ndị ala ahụ si dị. Mgbe ha nọ n'otu ụlọ na-aṅụ mai na-etekwa ụri, na-amaghị ama, ọkụ abaa n'ime nsị egbe dị n'ime ya. Mgbe m nụrụ ihe nke a mụ agbaa ọsọ gaa n'ebe ahụ n'ihi na m maara sị na ụmụ m atọ so n'ime ndị nwata nwoke a kpọrọ n'oriri ọlụlụ nwunye ya. Mgbe m ruru nga ahụ m chọpụta na ụmụ m nile anwụchaala. M daa n'ala n'ihi obi mgbafụ, nọrọ n'ebe ahụ na-amakwaghị ihe m na-eme. Ọnwụ ụmụ m atọ nwụrụ n'otu ụbọchi mere ike elu ụwa agwụ m. Nanị ihe nke m na-achọ ugbu a bụ ịhapụ obodo ahụ laa ala m.

Ọnwụ ụmụ m wetara m oke obi mgbafụ n'ihi ya m chọsie nọọ ike ịgbapụ n'ala ahụ. Mgbe ụmụ m dị ndụ, ha na ụmụ ntakịrị ha na-ezi ihe apalịtela ime otu ụgbọ ha ga-eji egbu azụ. M nyeere ụmụ ntakịrị ahụ aka mechaa ụgbọ ahụ n'ime ọnwa asatọ n'afọ ahụ. O dịghị ụzọ ọzọ m ga-esi ahapụ ala a karịa iji ụgbọ ahụ apụ. Ya mere m jiri chee ịkwọrọ ya aga achọ ala ọzọ. Otu na otu echiche a esila dị egwu na ntị madụ, n'oge ahụ, agbanyeghị ihe ọ bụla ga-eme m. Ma n'otu oge ahụ m gara azọlị, Chukwu zitere m ndị zọpụtara m n'ime ihe nzuzu a. Ndị bịa ụfọdụ siri n'otu agwa etiti dị America nsọ, a na-akpọ Havana, bịaruru n'obodo ahụ m nọ ire azụ. Ha chetara m

sị na ọ dị mma ma m soro ha laa. Ihe isi mbụ mụ
aghaghị ime bụ ịchọ ụzọ ịgbanahụ ndị chọrọ ka m
biri na Mimba.

ISI 14

AGHỤGHỌ ODUMODU JIRI HAPỤ MIMBA

N'oge m nọ n'obodo Finda ude m ruru obodo nile gbara ha gburugburu. Nke a mere onye nwe ala Mimba jiri were m ka onye ukwu. Ọnọdụ ụlọ m bụ n'etiti ala ọha n'akụkụ ụlọ ya bụ eze. Ndị agha hiri nne gbara ụlọ m ahụ gburugburu otu ndị iro m agaghị enwe ike bata na ya n'oge ọ bụla. Ha na-anọ n'ebe ahụ n'ụtụtụ, n'ụkọrị ma n'abalị.

Ụzọ m ga-esi gbalaga adịghị ma ọlị. Otu ụchịchị mgbe oge gamiri ruo ihe dị ka elekere iri na abụọ, mgbe onye ọ bụla na-eche na madụ dum arahụchaala ụra, ka m bịdọrọ chọwa ụzọ m ga-esi ahapụ obodo Mimba. M gwala ndị ahụ si na

Havana bịa ire azụ ka ha chere m n'ụchịchị ahụ.

Mgbe m pụtara n'ezi m hụ nga ndị agha ahụ na-eche nche nọ na-arahụ ụra. Mgbe m tụkpara ahụ na-agafe ha otu onye agha eteta n'ụra, gbụọ otu olu opi nke mere ka ha nile tetachaa n'ụra ma jikere isoro m jee ebe ọ bụla m gaje. Ihe m mere bụ igwa ha sị m bịara achọpụta otu ha si eche nche. M gwara ha nke a otu ha na-agaghị amata sị na ọ bụ ụla ka m laje. Ahụghị m ụzọ ịla n'abalị ahụ, m were laghachi n'ụlọ m.

Ndị ahụ si n'obodo Havana ahụghị m n'ụchịchị ahụ dị ka agba anyị yiri. N'ihi nke a ha abịa n'ụlọ mgbe chi bọrọ ịmata ihe gbochiri m ịbịa dị ka anyị siri yie agba. Ezoghị m ha ihe ọ bụla. M gwara ha na m hụghị ụzọ gbapụta n'ụchịchị ahụ. M jị ego meere ha mmere ma rịọ ha ka ha chere m n'ụchịchị ụbọchị ahụ n'ihe dị ka elekere iri na abụọ. Ha kwere, were n'ihi m hapụ ịla n'ụbọchị ahụ ha tụrụ na ha ga-ahapụ obodo Mimba.

Ụzọ m ga-esi ahapụ Mimba bụ echiche m n'ụbọchị ahụ. Na mgbe ụkọrị ka m chetara otu ihe m ga-eme ga-enyere m aka ịhapụ obodo ahụ. Uche m agaa otu otu ohu e rere ere mgbe ochie na Benin si gbalata Ahaba. Ngwa ngwa na-atụfughị oge ọ bụla m bịdọ mawa akwa ka nwanyị. Mgbe m jikerechara, m were otu akwụkwọ e mere ka ihu nwa agb

...oghọ na-acha ụcha mechie ihu m otu onye ọ bụla hụrụ m agaghị ama na ọ bụ Odumodu. Eweghị m ọtụtụ ihe ka ndị agha ahụ na-eche nche ghara iche na m bụ onye ohi. Ihe m weere bụ otu ọkwukwu nta nga ọla edo na nkume dị ka 'diamond' dị. Ihe ndị a bụ ihe ndị Finda na ndị

Mimba nyere m ka ụgwọ ọrụ m.

Na-atụghị egwu ọ bụla m para igbe nta ahụ gafee ndị agha ahụ na-eche nche ma ọ dịghị otu onye n'ime ha maara na ọ bụ ọgaranya dị ka m gafere ha. M kwechara ha ekele, gbanwee olu m ka nke nwanyị. Mgbe m gafechara ha dum ka m bịdọrọ gbawa ọsọ na-eleghị anya n'azụ ruo n'ọnụ osimiri bịa baa n'ụgbọ.

Ndị ahụ amakwaghị onye m bụ n'ihi na m yiri nwa agbọghọ. Mgbe m kpụpụrụ akwụkwọ ahụ m jiri kpuchie ihu ka ha nile dara n'ala chịa. M gwa ha atụfụla oge ọ bụla n'ihi na ọ bụrụ na onye nwe ala ahụ bịakwute m n'ọnụ miri ahụ ọ ghaghị igbu m. Ha gere m ntị ma kwọpụ ụgbọ ha ngwa ngwa.

Ụgbọ ndị a ebụghị ibu, e jighị "engine" akwọ ya. Ọ bụ ụmara akalaka anọ dị n'ime ya ka ha ji na-akwọ ya. N'ihi nke a ụgbọ ahụ agaghị ọsọ ọsọ. Nke a mere anyị jiri tụfụọ ọtụtụ ụbọchị n'elu ehere. Oge ahụ bụ n'ọkọchị. Anyanwụ chara anyị enweghị ọkịka. Ebili miri bụkwa mmekpa ahụ ọzọ. Ọ fọrọ ihe nta anyị efuchaa n'oke ehere ahụ ma ọ bụghị na ndị ahụ maara ihe banyere ehere ahụ nke ọma. Site na nke a ma n'inye aka Chineke anyị akwọfee n'udo ruo Havana.

Ọnwa abụọ ka anyị nọrọ n'ehere tupu anyị eruo Havana. Ọ bụ ala miri gbara gburugburu. Obodo ya adịghị ka obodo ahụ m hapụrụ. Madụ, osisi, nnụnụ, na ihe nile dị ya n'ime dị iche. Mgbe

m hụrụ osisi dị ka nkwụ obi m echee sị na eruola
m ala m. Nke a wetara m ndụ ọhụrụ ma mee ka
m chefutụ ihe mere m jiri hapụ Mimba.

Ọ dịghị ego m nwere nke m ga-eji laa ala m
n'ihi nke a m chee echiche banyere ọrụ m ga-arụ.
Nke a mere m jiri zụọ mmanụ e ji ehụcha akpụkpọ
ụkwụ ma bụrụ onye na-ehucha akpụkpọ ụkwụ
onye ọ bụla ga-enye m otu penny. Ọ bụ n'okporo
ụzọ ka m na-anọ. Ọrụ nke a bụ nọọ ọrụ e ledara
anya nke ukwu, ma site n'ihe nna m ukwu onye
ziri m ihe gwaram n'Eko, eleghị m ọrụ a anya
n'ihi na ọ bụ ọrụ m ga-esi enweta ihe oriri. Onye
ọ bụla adịghị elelị ọrụ ọ bụla anya agaghị anwụ
n'agụụ. Mgbe m nọ n'Eko na-amụ ihe, ihe mbụ
onye na-ezi anyị ihe gwara anyị bụ na ọ ga-adị
mma ọ bụrụ na ụmụ ntakịrị bi n'obodo Nigeria,
nke ka nke n'Eko, amata na ọ dịghị ọrụ ọ bụla nke
madụ si na-achọta ihe ọ na-eri jọrọ njọ.

Ọnwa ole na ole ka m nọrọ n'obodo Havana
na-arụ ọrụ ịhụcha akpụkpọ ụkwụ ndị madụ
n'okporo ụzọ. Ụbọchị ụfọdụ m na-enweta otu
shilling ma mgbe ụfọdụ penny isii. Nke a dị m
mma karịa izu ohi. Ego a zụụrụ m nri m nke ọma
ma ọ nweghị ike izu ịkpọrọ uwe na akwa, n'ihi na
akwa ndị ala ahụ dara oke ọnụ.

Onye ọ bụla Chukwu kwere ihe, nga na nga ọ
bụla ọ nọ, ọ ga-enye ya ihe ahụ O kwere ya. Otu
ụbọchị mgbe m nọ n'agịga miri na-ehucha

akpụkpọ ụkwụ, otu dịala, nwanta nwoke dabara
na miri. Miri ahụ buru ya pụọ n'etiti nga ụkwụ ya
na-erukwaghị ala. Ụjọ ekweghị onye ọ bụla daba
n'ime miri ahụ ịzọpụta ndụ nwanta a n'ihi na miri
ahụ dị omimi, ọfụrụma na azụ ọjọọ ọzọ na-egbu
madụ jupụtakwara n'ime ya. Mgbe m hụrụ na
nwanta nwoke a ga-efu m daba na miri ahụ,
mikpuo n'ime ya gụpụta ya. Ihe nke a m mere
tụrụ onye ọ bụla nọ n'ebe ahụ n'anya, meekwa ka
ha gaa gwa onye nwe ala obodo ahụ ụzọ m jiri
zọpụta ndụ nwa ntakịrị ahụ fụje na miri. Omume
nke a dere ude ruo ebe nile n'obodo ahụ, madụ
nile bịara n'okporo ụzọ nga m nọ n'ịhụ m. Mgbe
onye nwe ala nụrụ ihe nke a ya akpọta ndị ọha ala
ya jụọ ha echiche ha n'ihe a m mere. Ha agwa ya
sị ọ ga-adị mma ka e kele m ma nye m ọgụ akpa
ego n'ihi ihe ọma ahụ m mere.

Mgbe ego a ruru m aka m laa ala m na-
atụfughị oge ọ bụla n'ihi na n'oge ahụ ọtụtụ ụgbọ
nke ndị na-anwụde ohu na-esi America na
Havana aga ala m na-alaghachikwa.

Mgbe m ruru ụlọ, ndị okenye nọ n'ebe ahụ ndị
maara m agbapụchaa hapụrụ m ụlọ n'ihi na ha
chere sị m bụ mmụọ. Ha nile chere sị na m nwụọla
n'ihi na o teela anya oge m hapụrụ ụlọ. Otu onye
obi siri ike laghachiri nyọọ anya n'ime ụlọ, hụ m
nga m nọ. Ha dum gbara bịa mgbe ha hụrụ na ọ
dịghị ihe m mere onye ahụ. Ha amarala ugbu a sị
m bụ Odumodu onye ije, na ọ dịghị mụọ m bụ. Ha

nile agbakọgide m. Ala Ahaba metụrụ mkpọtụ
ụbọchi ahụ. Ndị okenye maara m mbụ na ndị ụmụ
ntakịrị na-anụ aha m gbara bịa ịhụ m. Oke ọńụ dị
n'obi madụ dum nke ka nke ụmụnne m ndị
tụfụchara obi ha sị na m nwụọla.

M jiri ụfọ ego m wuo ụlọ, were ụfọ dọtere
ụmụ m. Ndị ala anyị agbakọta ma tikọta ọńụ sị na
ha ga-ekpuwe m okpu eze otu m ga-achịkọta ha.
Atụmatụ nke a masịrị m n'ihi na m maara sị ọ bụ
ihe ruru m site n'aka nna m. Ụbọchi e kpuwere m
okpu ahụ bụ ụbọchi madụ agaghị echefu n'ala
Ahaba. Ndị Bekee na ndị eze na ọtụtụ ọgaranya
nọ n'Onitsha na ọtụtụ obodo ọzọ dị Ahaba nsọ
bịara n'ịnọ n'oge ha ga-ekpuwe m okpu.

IHE OKWU NDỊ A PỤTARA

'aba miri	(– –)	the arm of a stream
ahịa	(–)	an apparatus for weaving cloth
ehere	(– –)	a wide expanse of water
hirimahi	(– – –)	round
itiri kpere	(– – – – –)	It is a pitch dark night
kwara	(–)	collect as for water
mkpụ	(–)	an ant hill
nrụrọ	(– –)	play
onyọnyọ	(– – –)	a state of stupor
ọtụtị	(– –)	an apparatus for weaving. (A flat piece of plank for weaving)
ọfụrụma	(– – –)	a shark
ọkpụkpọ	(– –)	a bamboo bed
ọgọdọ	(– –)	thirty wads of cowries
ọnuisiọnụye	(– – – – –)	a gate or an entrance into a compound
ọkpangụ	(– –)	an ape or a gorilla
ọta miri	(– –)	the tributary of a river
rara nra	(– –)	carrying tales
wụọ	(–)	weave